suhrkamp taschenbuch 311

Peter Rosei, geboren 1946 in Wien, studierte Rechtswissenschaft an der Universität Wien. Er lebt heute als freier Schriftsteller in Wien. Veröffentlichungen: *Landstriche*, 1973; *Wege*, 1974; *Von hier nach dort*, 1974; *Entwurf für eine Welt ohne Menschen. Entwurf zu einer Reise ohne Ziel*. Prosa, 1975; *Der Fluß der Gedanken durch den Kopf*. Logbücher, ^{2}1977; *Wer war Edgar Allan?* Roman, 1977; *Nennt mich Tommy*, 1978. Außerdem Beiträge in Zeitungen und Zeitschriften.
In Peter Roseis Erzählungen tauchen bestimmte Bilder immer wieder auf: schreiend herabstürzende Vögel, bellende Hunde – Metaphern für existentielle Angst, die in einer bedrohlichen Umwelt, in wüsten Landschaften und erbarmungslosen Städten ihren Ausdruck findet. In den ersten beiden Erzählungen dieses Bandes dient jeweils ein Gutshof als Modell für den Verfall von Autorität, die fragwürdig geworden ist. In *Beschäftigungen* versucht einer, die Angst zu überlisten. Das assoziative Moment spielt dabei eine entscheidende Rolle, das Unbewußte sickert in Vertrautes ein. Die letzten beiden Erzählungen sind eigentlich Anfang und Ende einer Geschichte: ein Mann bricht zu einem neuen Leben auf übers Gebirge. Doch bereits der Aufbruch verwandelt sich in eine Flucht, die in der Hafenstadt endet, die kein Ausgangspunkt mehr ist, sondern nur noch der Ort, das Dasein notdürftig zu fristen. Peter Rosei hat nicht den Trost einer Ideologie bereit. Die unerbittliche Art der Darstellung macht den Parabelcharakter seiner Erzählung deutlich.

Peter Rosei
Wege

Erzählungen

Suhrkamp

Umschlagfoto: Fred Peer, Wien

suhrkamp taschenbuch 311
Zweite Auflage, 8.–10. Tausend 1979

Lizenzausgabe mit freundlicher Genehmigung
des Residenz Verlags, Salzburg
Suhrkamp Taschenbuch Verlag

Druck: Nomos Verlagsgesellschaft, Baden-Baden
Printed in Germany
Umschlag nach Entwürfen von
Willy Fleckhaus und Rolf Staudt

Franz und ich

Um unsere Wirtschaft steht es schlecht. Schon von weitem macht das Anwesen, das wir vor nicht allzu langer Zeit von unserem inzwischen verstorbenen Vater übernommen haben, einen verlotterten Eindruck. Je näher man herankommt, desto deutlicher wird einem der Verfall, in dem sich alles befindet, Haus, Scheune, Schuppen und Stall. Das Betreten des Hofes, das ist das Betreten einer vom Wind durchsausten, vom Klatschen des Brunnenwassers durchbohrten Stille. Die Knechte haben uns längst den Dienst aufgekündigt. Der Kettenhund, der früher mit großen, blutunterlaufenen Augen seine Strecke abgerannt ist, vom Stall zur Hundehütte, von der Hundehütte zum Stall, immer und immer wieder, diesen Hund haben wir, da es tatsächlich nichts mehr zu bewachen gibt, losgelassen und mit Peitschenhieben davongejagt. Ich erinnere mich noch genau jener Nacht: Während ich mit der Stallaterne geleuchtet habe, hat mein Bruder Franz, wir beide waren völlig betrunken, die Kette mit einer Säge durchgefeilt. Der Hund ist mit zitternden Flanken und weit heraushängender Zunge im Kot des Hofes gesessen. Da er bis auf die Knochen abgemagert war, habe ich unter seinem Fell, das wie schäbiges Segeltuch über die Rippen gespannt war, sein Herz schlagen sehen. Er hat, an das Eingesperrt-Sein, an das Angekettet-Sein durch ein ganzes Hundeleben gewöhnt, nicht begriffen, daß er nun in Freiheit gesetzt werden sollte. Ich habe, im Eingang des Stalles lehnend, mit der Laterne geleuchtet, der Hund ist mitten im Hof gesessen, die Augen starr auf mich gerichtet, mein Bruder hat, nachdem die Kette klirrend in zwei Teile gesprungen war, die Säge einfach fortgeworfen und erst mit Schreien, dann mit Fußtritten versucht, den Hund fortzujagen. Doch er hat sich nicht von der Stelle gerührt, hat die Zähne gefletscht und zu jaulen begonnen. Daraufhin hat mein Bruder den Ochsenziemer aus dem Stall geholt. Gleich neben der Tür, auf einem rostigen Haken, hängt der Ochsenziemer. Franz wäre beinahe in der Jauche ausgeglitten und lang hingeschlagen. Dieses Mißgeschick hat ihn, so glaube ich, in Wut versetzt. Jetzt hat er sich mit der Peitsche auf den Hund gestürzt, ihm über Augen und Maul geschlagen, immer wieder über den Schädel geschlagen, bis der Hund in sich zusammengesackt ist. „Warte, Franz, warte!" habe ich gerufen, aber er hat im Dreinschlagen nicht eher eingehalten, als bis ich ihm die Peitsche aus den Händen gewunden hatte. Dabei ist mir die Laterne entfallen, am Boden zerbrochen und ausgegangen. Keuchend sind wir eng aneinandergepreßt in der Finsternis gestanden. Dann haben wir gehört, wie der Hund langsam über den Hof geschlichen ist, deutlich war das Schmatzen des Kotes unter seinen Pfoten zu hören, dann muß er zwischen den Schweineställen und der Scheune ins offene Feld hinausgelaufen sein, Stille, nichts als unser Keuchen in der vollkommenen Stille. Nach einigen Tagen, als ich zu-

fällig am Ferchtacker oben war, habe ich den von Fliegen bedeckten, halbverwesten Kadaver des Hundes gefunden. Wahrscheinlich haben ihn die Peitschenhiebe an den Augen verletzt, so daß er, blind wie er war, nirgends etwas erjagen konnte und verhungert ist.
Unsere Wirtschaft besteht im großen und ganzen gesehen aus vier Gebäuden. Ein Fremder, der sich einmal zufällig zu uns verirrt hat, weiß Gott, was ihn in diese verlassene Gegend verschlagen hatte, bezeichnete mir gegenüber unser Gehöft als Haufenhof, eine für das Gebiet ganz untypische Form, wie er meinte, denn nicht umsonst werde der Haufenhof von der Wissenschaft als Karantanischer Haufenhof bezeichnet, dieser unser Hof sei zwar ein Haufenhof, unzweifelhaft ein Haufenhof, aber, aber, aber, so argumentierte der Fremde stundenlang weiter, bis ich mich einfach wortlos von ihm abwandte, ihn allein im Hof stehen ließ und mir im Stall zu schaffen machte. Solchermaßen seiner Zuhörerschaft beraubt, machte er sich dann mit großen Schritten nach Zurndorf, in Richtung Zurndorf auf den Weg. Jetzt geht er nach Zurndorf, habe ich gedacht und zu lachen begonnen. Zurndorf ist zwar eine Realität, es gibt mitten in einer von Gebüsch durchstandenen, sumpfigen Senke, etwa eine Stunde von unserem Hof entfernt, ein paar Häuser, die auf der Landkarte als Zurndorf bezeichnet werden, aber in diesen Häusern wohnt längst kein Mensch mehr, Zurndorf ist von seinen Bewohnern verlassen und dem Verfall preisgegeben worden. Dort wird er nichts finden außer Ratten und Krähen, habe ich

gedacht, als ich den Fremden in dem kleinen Wäldchen verschwinden sah, das östlich von unserem Gehöft steht und das wir Hauswald nennen. Zurndorf und die Tatsache, daß es jetzt verödet liegt, ist ein Kapitel für sich. Vor etwa zwanzig Jahren hat unser Vater die Zurndorfer Bauern ausgekauft. Ihre Wirtschaften waren klein, der Grund schlecht, zur Meliorierung war kein Geld vorhanden, die Ertragssituation war katastrophal. Alle diese Umstände, die Verzweiflung und die Hoffnungslosigkeit, die sich unter den Zurndorfern breitgemacht hatten, insbesondere durch die schwere Überschuldung verursacht, hat unser Vater damals rücksichtslos ausgenützt und die Wirtschaften, eine nach der anderen, aufgekauft. Die Zurndorfer sind entweder überhaupt abgewandert oder haben sich in den Kiesgruben und Steinbrüchen, deren es in der weiteren Umgebung einige gibt, als Hilfsarbeiter verdingt. Insgeheim haben Franz und ich dem Vater seine hinterhältige, gemeine Vorgangsweise gegen die Zurndorfer Keuschler immer übelgenommen und vorgeworfen, zu sagen getraut haben wir uns aber nichts. Das wäre auch gar nicht möglich gewesen, denn er hat uns beide stets den Knechten gleichgehalten und mehr mit der Peitsche als mit Worten zu uns gesprochen. Später haben wir ihm das alles heimgezahlt.

Eines Tages, es ist jetzt ein knappes Jahr her, der Vater war damals siebzig Jahre alt, aber immer noch stark und aufrecht, haben Franz und ich beim Mittagessen den Tisch umgeworfen, so daß sich die Suppe über den Stubenboden ergossen hat. Der Vater hat zu toben begonnen und nach dem Stock gegriffen, den er immer mit sich getragen hat. Franz und ich aber haben ihn einfach an den Oberarmen gepackt, ihn von seinem Sessel gezerrt und mit dem Kopf so lange gegen die Wand geschlagen, bis er schlaff zwischen unseren Fäusten gehangen ist und alles ringsherum voller Blut war. Dann haben wir ihn über den Hof geschleppt und in einen leerstehenden Schweinekoben gesperrt. Wir haben uns damals gewundert, wie leicht uns das alles von der Hand gegangen ist. Der Vater hat danach nur noch ein paar Monate gelebt. Jeden Tag haben wir ihm sein Essen in den Sautrog geschüttet, aber er hat es kaum angerührt. Der Stallknecht hat einmal die Woche den Koben ausmisten müssen. Knapp vor seinem Tod hat der Vater wirr zu reden und zu schreien angefangen, nachdem er monatelang kein einziges Wort gesagt hatte. Manchmal haben wir ihn so lange geprügelt, bis er das Bewußtsein verloren hat. Unser Haß gegen den Vater hat ihn überlebt. Daß unsere Wirtschaft heute total verlottert und verkommen ist, mag daran liegen, daß wir sie niemals als unsere, sondern immer als die des Vaters betrachtet haben. Solche Überlegungen hören sich freilich recht einleuchtend an, in Wirklichkeit dürfte es sich ganz anders verhalten, aber von der Wirklichkeit wollen wir gar nicht erst zu reden anfangen, denn wir kennen sie nicht.

Wenn man sich vom Osten, vom Hauswald her unserem Anwesen nähert, sieht man es tief unten liegen an der Schnittlinie zweier graugrüner, völlig planer, sanft geneigter Hangflächen. Rechter

Hand, am Südhang, liegen die Ferchtäcker, linker Hand, am Nordhang, die Hauengründe, die wir seit dem Tod unseres Vaters nicht mehr bebaut haben und verkommen ließen. Das ist nicht mutwillig geschehen, sondern war durch einen Mangel an Arbeitskräften bedingt. Die Knechte, an die brutale Herrschaft unseres Vaters gewöhnt, haben, als Franz und ich die Wirtschaft in die Hand genommen hatten, wie man sagt, Morgenluft gewittert, von einem Tag auf den anderen haben sie nicht mehr gehorcht, freche Antworten gegeben, jeden Auftrag bloß halb oder überhaupt nicht ausgeführt. Aus diesem Grund haben wir über kurz oder lang auf die Methoden des Vaters zurückgreifen müssen, auf seine Schimpfworte, auf seine Wutausbrüche, auf sein Herumdreschen mit Peitsche und Stock. Die wenigen Tage einer milden, wenn man will menschlichen Behandlung des Gesindes haben aber genügt, um eine selbstbewußte Widerspenstigkeit gegen uns aufkommen zu lassen, die auch durch die Anwendung härtester Mittel nicht mehr auszurotten war. Später haben wir eingesehen, daß unser schwerster Fehler die öffentliche Entmachtung und Beseitigung des Vaters gewesen ist. Er ist dem Gesinde gegenüber immer als absolute, gleichsam von Gott eingesetzte, durch nichts zu erschütternde Obrigkeit aufgetreten. Franz und ich haben diese Obrigkeit nun vor aller Augen durch ein paar Schläge, durch ein paar Fußtritte binnen weniger Minuten gestürzt und ihren Herrschaftsanspruch damit als eine auf nichts begründete Anmaßung entlarvt. Wir haben, ohne es zu wollen, nicht nur den Glauben an die

Herrschergewalt unseres Vaters, sondern den Glauben an die Herrschaft überhaupt vernichtet. Hätten wir, anstatt beim Mittagstisch vor den versammelten Knechten gegen den Vater loszuschlagen, unser Vorhaben nachts ausgeführt, in aller Stille, hätten wir den Vater, anstatt ihn in den Schweinekoben zu sperren und ihn damit nicht nur unserer persönlichen, sondern auch der Verhöhnung durch das gesamte Gesinde preiszugeben, in eine verborgene, vom Hof weitab gelegene Heuhütte gebracht und dort verwahrt, ihn gehalten wie ein Vieh, nur zu unserer eigenen Genugtuung, so wäre das Geheimnis um die Herrschaft erhalten geblieben und damit diese selbst auch. Der grenzenlose Haß gegen den Vater hat uns damals verblendet, an die Folgen unseres Vorgehens haben wir, vom momentanen Triumph berauscht, nicht gedacht. Die Katastrophe ließ nicht lange auf sich warten: Bereits zwei Wochen später war uns das halbe Gesinde einfach davongelaufen. Die meisten haben nicht einmal ihr Dienstverhältnis aufgekündigt, sondern sind über Nacht verschwunden. Daraufhin haben wir Morgen- und Abendappelle abgehalten, Wachtposten um das Gesindehaus aufgestellt, wir haben es mit Versprechungen auf höhere Löhnung, aber auch mit drastischen Strafandrohungen versucht, es war alles umsonst. Zu Dutzenden sind uns die Leute davongelaufen. Ersatz war nicht zu bekommen, denn die Geflohenen haben im weiten Umkreis Schauermärchen über das Leben auf unserem Hof ausgestreut. Zum Teil haben diese Gerüchte ja auf Tatsachen beruht, aber die Rachsucht der ewig

Getretenen, die sich nun plötzlich befreit sahen, hat das ihre hinzugefügt, um alles mit uns und unserer Wirtschaft in Zusammenhang Stehende zu verleumden und zu verteufeln. So sind wir in Verruf gekommen, und nichts ist anhänglicher als ein schlechter Ruf.

Jene Knechte und Mägde, die anfänglich noch in unserem Dienst geblieben sind, das waren naturgemäß die schwächlichsten, dumpfesten, von unserem Vater total ruinierten Existenzen, haben sich später, einer nach dem anderen, auch auf und davon gemacht. Im Lauf der Zeit ist das Personal immer mehr zusammengeschrumpft, was vor allem auf meinen Bruder Franz, auf seinen rapide zunehmenden Alkoholkonsum und die daraus resultierende Grausamkeit zurückzuführen war. Getrunken hat Franz immer. Als der Vater den Hof noch geführt hat, ist es aus Ohnmacht geschehen. Damals hatten wir uns, wenn der Vater durch Reisen zu Märkten und Messen vom Hof abwesend war, oft tagelangen Betäubungsexzessen hingegeben. Während ich aber, nachdem wir den Vater entmachtet und in den Saukoben gesperrt hatten, mit einem Schlag zu trinken aufgehört habe, hat sich Franz im Gegenteil dem Trinken immer ausgiebiger hingegeben. Früher hatten wir einander so gut verstanden, wie sich zwei Menschen nicht besser verstehen können. Zumindest hatten wir das geglaubt und unsere Verbundenheit bei langen Gesprächen in der Finsternis des Stalles oder der Tenne immer wieder beschworen. Sobald aber der Vater beseitigt und in den Saukoben gesperrt war, sind unsere ganz verschiedenen Naturen unerbittlich zutage getreten. Erst hat uns die Entzweiung noch Schmerz bereitet, wir wollten die alte Gemeinsamkeit wieder aufleben lassen, doch die Keile sind schon zwischen uns gesteckt, und die Zeit hat sie aufquellen lassen und den Spalt unablässig vergrößert. Daß Franz in allem das Gegenteil von mir, daß ich in allem das Gegenteil von Franz bin, dessen waren wir uns immer bewußt. Früher hatten wir gerade diesen Umstand als ideal betrachtet. Er ist uns zum Verhängnis geworden. Während Franz ein Grübler, ein Phantast, ein hinreißender Redner, im Grunde genommen ein Träumer ist, bin ich immer ein handelnder, wortkarger, zielstrebiger, jeder Spekulation abholder, bloß auf das Allernächste gerichteter Mensch gewesen. Nur zu typisch für unsere verschiedenartige Veranlagung war es, daß Franz den Plan, den Vater zu beseitigen, entworfen und in mein Herz eingepflanzt hatte, während an jenem entscheidenden Tag ich den Eßtisch umgeworfen und dem Vater die ersten Schläge ins Gesicht versetzt habe. Es hätte damals wohl nicht viel gefehlt, und Franz, der doch diese Szene in Worten hunderte Male vorweggenommen hatte, wäre aus der Stube gelaufen und hätte mich mit dem blutüberströmt am Boden liegenden Vater, mit dem gaffend sich herumdrängenden Gesinde allein gelassen. Durch meinen Blick, es muß ein wilder, brennender Blick gewesen sein, habe ich ihn damals zum Zuschlagen, zum Ergeifen des Gefallenen, zu all den folgenden Handlungen förmlich gezwungen. Gleich an jenem ersten Tag unserer Herrschaft über den Hof hat sich Franz

in seiner Kammer bis zur Bewußtlosigkeit betrunken. Es hat nichts genützt, daß ich ihm gut zugeredet, ihm wegen der Auswirkungen seines Verhaltens auf das Gesinde die schwersten Vorwürfe gemacht habe. Er hat sich an mich angeklammert und geweint.
Im Laufe der Zeit haben wir uns an den Zustand der Entfremdung beinahe gewöhnt, wir haben die Kälte und die Ferne, die zwischen uns eingetreten waren, mit eingezogenen Köpfen hingenommen und den andauernden Schmerz über uns ergehen lassen wie einen Wintersturm. Zu Gesprächen ist es nur mehr selten gekommen. Wo wir konnten, sind wir einander aus dem Weg gegangen. Innerhalb kürzester Zeit hat es sich eingebürgert, daß Franz den ganzen Tag in der Kammer gehockt ist und eine Flasche Schnaps nach der anderen getrunken hat, während ich den Leuten die Arbeit eingeteilt, die notwendigen Entscheidungen getroffen, mich um die Wirtschaft gekümmert, kurz, die Rolle des Vaters übernommen habe. Jeden Tag bin ich um vier Uhr in der Küche zum Frühstück erschienen, habe dann das Gesinde im Hof draußen zur Arbeit antreten lassen. Ich sehe dieses bedrückende Bild noch vor mir, Morgendämmerung, hinten die dunklen Umrisse der Gebäude, die glatte, graue Hangfläche der Ferchtäcker, vorne, im von den Wagenrädern aufgewühlten Boden stehend, das Gesinde, halb noch in Schlaf, Rausch und Bettenwärme versunken, die Blicke stumpfsinnig auf mich gerichtet, die Hände zu Fäusten geballt, ein drohender, atmender Haufen, und aus den Ställen schon das Muhen der Kühe, das

Quieken der Schweine, vom Hauswald, von der Höhe her, das allmählich durch den Morgennebel brechende Sonnenlicht. Manchmal ist auch Franz zur Befehlsausgabe, wie ich dieses Antreten bei mir immer genannt habe, aus seiner Kammer heruntergekommen. Dann ist er schwer atmend, mit rotem Gesicht, ganz knapp an den in einer halbwegs geraden Linie aufgestellten Knechten und Mägden vorbeigegangen und hat, wenn irgendeine Kleinigkeit seinen Unmut erregte, den Betreffenden angebrüllt, oft auch niedergeschlagen und ist mit seinen Knobelbechern auf ihm herumgetreten wie ein wild gewordenes Pferd. Solche Ausbrüche haben die Leute anfänglich eingeschüchtert, denn vom Vater her waren sie ja an nichts anderes gewöhnt. Wie eine Schar halbverhungerter Ratten sind sie im Hof gestanden und haben sich beim Erscheinen von Franz enger und enger zusammengedrängt. Einmal aber muß Franz die innere Schraube des Stolzes durch seine andauernden Demütigungen überdreht haben, denn eines Nachts ist er von ein paar Knechten überfallen und beinahe zu Tode geprügelt worden. Ich bin dieser Entwicklung hilflos gegenübergestanden. Angst und Haß und wieder Angst und Haß haben den Leuten die Ohren für ein vernünftiges Wort verschlossen. Die Mutigsten sind beim Mittagstisch vor mich hingetreten und haben mir den Dienst aufgekündigt, die Papiere und den Lohn verlangt. Die Feigsten sind geflohen. Am Morgen habe ich sie etwa in die Hauengründe hinauf zur Arbeit geschickt, und abends ist kein einziger mehr zurückgekehrt. Die Hinterhältigsten haben zwar dem

Anschein nach ihren Dienst noch geleistet, in Wirklichkeit aber nichts oder das Gegenteil von dem getan, was man ihnen aufgetragen hatte. Einmal ist ein Heustadel angezündet, das andere Mal den Tieren falsches Futter vorgeworfen worden, so daß viele darauf eingegangen sind. Damals habe ich die Kadaver in den Hof herausschleifen lassen, in der Hoffnung, die Täter durch den Anblick der dick aufgetriebenen, starrbeinigen Leichen zur Besinnung zu bringen, genützt hat es nichts. Der Kriegszustand mit dem Gesinde ist dann auf die allereinfachste Art beendet worden: Eines Morgens ist zur Befehlsausgabe niemand mehr erschienen, auch die letzten hatten das Weite gesucht. Das war knapp vor der Erntezeit. Trotz der frühen Stunde war alles schon in helles Sonnenlicht getaucht. Ich bin langsam zum Hauswald hinaufgegangen und habe immer wieder zu den brachliegenden Hauengründen, die von Unkraut überwuchert waren, dann zu den hoch in der Frucht stehenden Ferchtäckern hingeschaut und gedacht, daß es jetzt aus ist mit der Wirtschaft, mit dem Wirtschaften, mit der Ernte, mit den Tieren, mit allem. Bei der Rückkehr habe ich Franz bewußtlos und nach Schnaps stinkend im Hof liegend vorgefunden. Damals habe ich ihn zu verstehen begonnen.

Wenn ich an das, was in den letzten Monaten geschehen ist, zurückdenke, geht mir im Kopf alles wirr durcheinander. Eine Katastrophe nach der anderen ist über uns hereingebrochen, Katastrophe auf Katastrophe, Stille dazwischen, von der Angst beherrschte Stille, und dann wieder Gebrüll, Ge-

schrei, die steinernen Lawinen des Unheils. An die Zukunft, daran, wie alles weitergehen soll, denke ich nicht. Am liebsten würde ich den ganzen Tag schlafen oder bewußtlos sein. Manchmal ertappe ich mich dabei, wie ich mit dem Brotmesser herumspiele und mit den Fingern die Schlagadern zu ertasten suche, die Aorta am Hals, die Pulsadern an den Handgelenken, aber Ernst steckt hinter diesem Getue wohl keiner. Vielleicht wird es einmal in einem Moment völliger Besinnungslosigkeit dazu kommen, daß ich mir das Brotmesser durch die Gurgel stechen werde, dort wo die Ader schlägt, oder in die Brust, zwischen den oberen Rippen durch ins Herz. Man kann eine solche Entwicklung ja schwer abschätzen, man weiß nicht, wird es schnell zu Ende gehen oder wird es noch lange dauern bis dahin. Ich glaube, daß ich schon noch eine Weile aushalten werde. Wenn ich in dieser Hinsicht von glauben rede, dann ist das so zu verstehen, als würde ich sagen, ich glaube, daß es morgen regnen wird, von mir hängt es nicht ab. Der Himmel spannt sich noch über unserer Wirtschaft oder er hängt dick und schwer voller Wolken wie ein Kuheuter, und der Bach rinnt hinter dem Wirtschaftsgebäude vorbei, jetzt im Herbst geht er hoch und saust braun und unter lautem Getöse in seinem Bett das Tal hinab.
An manche Begebenheiten erinnere ich mich ganz deutlich. Einmal etwa bin ich mit Franz zum Hauswald hinaufgegangen. Es war ein heißer Tag ohne Wolken und die Sonne war groß und unbarmherzig über den hochstehenden Ferchtäckern. Warum wir diesen Gang eigentlich unternommen

haben, weiß ich nicht mehr. Geredet haben wir nichts. Der Schweiß ist uns über das Gesicht und von den Achseln an den Seiten heruntergeronnen. Auf halbem Weg haben wir Halt gemacht und uns am Bach erfrischt. Franz hat sich einfach der Länge nach in das Wasser hineinfallen lassen. Wie er sich so schwer und wie ein Bewußtloser in das aufspritzende Wasser hat plumpsen lassen, ist mir plötzlich unser im Saukoben eingesperrter Vater in den Sinn gekommen. „Der Vater", habe ich zu Franz gesagt, mich am Bachufer niedergehockt und die Hände ins Wasser gehalten, bis sie von der Kälte hart und steif geworden sind. Franz hat sich mitten im Bach auf einen Stein gesetzt, das Wasser ist ihm von den Haaren über das Gesicht getropft und seine nassen Kleider sind am Körper geklebt, so daß ich seine Umrisse darunter erkennen konnte, das Schlüsselbein und die Rippen und die Ellbogen besonders. „Ruinieren", hat Franz geantwortet, „der Vater ist erst ruiniert, wenn der Hof ruiniert ist, wenn die Wirtschaft ruiniert ist, vollkommen ruiniert, und auch wir ruiniert sind, vollkommen ruiniert und zugrunde gegangen." Während das Gras neben dem Bach dickstengelig, grün und fleischig gewesen ist, waren die Hauengründe grau und trocken unter der Hitze, und das mannshohe Unkraut hat leise geraschelt. Franz hat dann zu lachen begonnen, und wie unter Zwang bin ich in dieses laute, lange, triumphierende Gelächter eingefallen. „Keine Rücksicht, keine Halbheiten", mit diesen oder ähnlichen Worten hat Franz in seiner Rede fortgefahren, „der Vater, das bist du, der Vater, das bin ich, der Vater", er hat nach Süden gezeigt, „das sind die Ferchtäcker, der Vater", er hat mit einer großen, weit ausholenden Armbewegung auf die verwilderten Hauengründe gezeigt, „die Hauengründe, die Hauengründe und dann der Hauswald und weiter hinaus die Zurndorfer Äcker, alles rundherum der Vater und seine Wirtschaft." Lange sind wir schweigend am Bach gesessen. Ein Wind ist aufgekommen und hat vom Hof unten eine Wolke von Gestank heraufgeweht. Der Misthaufen hat ja damals, weil ich allein mit aller Arbeit gewesen bin und die Ställe zwar noch hie und da ausgemistet, aber den Dung nicht mehr an einer Stelle zusammengeführt habe, bereits den halben Hof erfüllt, und der Verwesungsgeruch, den er verströmt hat, ist selbst bei Windstille noch in einiger Entfernung vom Hof von ekelerregender Intensität gewesen. Dabei ist diese Zeit, in der der Misthaufen ins Uferlose gewachsen ist, noch eine relativ gute gewesen. Damals stand der Stall voller Tiere, wir hatten zwar keinen einzigen Kreuzer baren Geldes, aber immerhin wenigstens diesen lebenden Besitz, mit dem man, wenn man nur gewollt hätte, doch noch einiges zur Rettung der Wirtschaft hätte unternehmen können. Aber wir haben eben nicht gewollt, Franz von vornherein nicht, ich seit jenem Gespräch am Bach oben auch nicht mehr. Heute sind die Koben leer, bloß der alte, hart gewordene Kot erfüllt sie, der Urin ist in winzigen, gelben Nadeln auf den Brettern auskristallisiert. Wir haben keine Kühe, keine Pferde, keine Hühner, keine Gänse mehr. Das letzte Pferd, früher hielten wir deren acht, haben wir niederschießen müssen, da es, vom Hunger tollwütig geworden, aus seinem Verschlag ausgebrochen war und sich ein Bein gebrochen hatte. Vom Fleisch dieses Tieres haben wir dann eine Weile gelebt.

An jenem Sommertag am Bach haben wir uns mit Forellenfischen die Zeit vertrieben. Jedes Jahr hat unser Vater Jungfische gekauft und sie im Bach ausgesetzt. Franz ist in gebückter Stellung im eisigen Wasser gestanden und hat mit einer blitzschnellen Bewegung unter die Steine gegriffen, wo die Forellen gestanden sind. Hatte er eine erwischt, dann hat er sie mit einem lauten Schrei ans Ufer geworfen, wo sie im Gras noch eine Weile wie verrückt mit dem Schwanz und den roten Flossen um sich geschlagen hat. Erst habe ich dem Todeskampf der Forellen gleichgültig zugeschaut, später habe ich ihnen, sobald sie Franz ans Ufer geworfen hatte, mit einem großen, scharfkantigen Stein den Schädel zerschmettert.

Unten, an der Schnittlinie, die von den Ferchtäckern und den Hauengründen gebildet wird, unser Hof, bestehend aus dem Wohnhaus, dem Gesindehaus, der Scheune, dem Stall und dem Backofenhäuschen, welch letzteres aber schon zur Zeit des Vaters nicht mehr benützt und dem Verfall preisgegeben worden war. Kommt man den Weg vom Hauswald herunter, trifft man zuerst auf die Scheune rechter Hand, dann auf das Wohngebäude linker Hand, dann auf das Gesindehaus rechter Hand, zuletzt auf den Stall rechter Hand, wobei die rechter Hand stehenden Objekte in einem flachen, eingedrückten Halbkreis

um das Wohnhaus angeordnet sind und stumm und ehrfürchtig zu jenem hinüberzuschauen scheinen. Es wird, was seine jetzt allerdings durch den Verfall herabgesetzte Würde noch unterstreicht, von zwei alten Ulmen flankiert. Diese Bäume hat der Vater besonders geliebt. Wären Franz und ich nicht zu schwach dazu gewesen, wir hätten sie umgehackt. Das Rauschen ihrer Blätter hat uns nachts nicht einschlafen lassen und uns immerzu an den Vater erinnert. Jetzt, nachdem der Vater und auch Franz tot sind, stört es mich nicht mehr. Es ist mir so gleichgültig wie alles andere auch. In dem Koben, wo der Vater krepiert ist, stehen noch immer seine Holzzockel, liegt noch immer sein Halstuch, mit dem er damals versucht hat, sich zu strangulieren. Es ist ihm nicht gelungen, aus Feigheit, aus Schwäche, und er hat den langsamen, gewöhnlichen Tod sterben müssen, den wir ihm zugedacht hatten.
Franz hat als erster entdeckt, daß der Vater tot war. Er ist ja viel öfter als ich in den Stall gegangen, um den Vater zu verhöhnen und zu prügeln. Wie er damals in den Stall gekommen ist, so hat er es mir erzählt, und erst auf den Vater eingeredet, dann auf ihn eingeschlagen hat, und es ist kein Blut gekommen und der Vater hat sich nicht gerührt, da hat er plötzlich gewußt, daß es aus war. Atemlos vor Lachen ist Franz zu mir in die Stube gelaufen gekommen und hat immer wieder gerufen: „Der Vater! Tot! Der Vater! Tot!" Eine Weile ist er so um mich herumgesprungen und hat geschrien, und ich habe schon gefürchtet, daß er den Verstand verloren hätte. Im Stall

drüben habe ich mich dann von der Richtigkeit seiner Feststellung überzeugt. Der Vater ist mit dem Gesicht im Stroh gelegen, klein, erbärmlich und bloß noch ein Haufen Unrat. In der Nacht haben wir ihn zu den Hauengründen hinaufgeschleppt und dort verscharrt.
Lange hat Franz den Vater nicht überlebt. Auf dem Hof ist es ganz still geworden. Während ich weiterhin meine Kammer bewohnt habe, ist Franz in das Gesindehaus, das völlig leer gestanden ist, übersiedelt. Dort hat er sich eingeschlossen und hat getrunken. Auf diese Art sind wir einander oft tagelang nicht begegnet. Manchmal ist Gepolter und Geschrei aus dem Gesindehaus zu mir herüber gedrungen, aber ich habe es nicht weiter zur Kenntnis genommen. In der ehemaligen Wohnstube habe ich die Geschäftsbücher und Dokumente des Vaters durchstudiert. Draußen haben damals schon die schweren Herbstregen eingesetzt. In der Stube war es dunkel, und ich habe Tag und Nacht eine Lampe angezündet gehabt. Ich weiß nicht, wieso ich die Geschäftsbücher eigentlich durchstudiert habe. Aus den Notizen, die ich mir damals gemacht habe und die allesamt Grundstückswerte, hypothekarische Belastungen usf. betreffen, schließe ich, daß ich mich wahrscheinlich mit Verkaufs- und Belastungsplänen getragen habe. Ein paar Wochen habe ich mich jedenfalls ausschließlich dieser Tätigkeit hingegeben, bis ich durch den Tod von Franz jäh unterbrochen und damit endgültig meines Willens zur Veränderung beraubt worden bin.
Mitten in der Nacht bin ich durch laute Schreie

geweckt worden. Noch ohne Besinnung bin ich zum Gesindehaus hinübergelaufen und habe die fest verrammelte Tür aufgebrochen. Schon im Flur haben mir Flammen entgegengeschlagen, alles hat lichterloh gebrannt. Trotzdem habe ich versucht zu Franz vorzudringen. Es gelang mir nicht. Eine Weile hörte ich noch seine Schreie, dann nichts mehr, bloß das Brausen des Feuers, das Knistern und Knacken der Balken. Nur mit dem Hemd bekleidet bin ich die ganze Nacht lang im Hof gestanden und habe das Niederbrennen des Gesindehauses beobachtet. Mit lautem Krachen ist nach Stunden der Dachstuhl eingebrochen und für einen Augenblick war alles in eine rote, helle Wolke von Funken gehüllt. Ich bin mit über der Brust verschränkten Armen im Hof gestanden und habe geschaut. Während mir die Hitze des Brandes vorne die Haarspitzen versengte, liefen mir kalte Schauer den Rücken hinab. Meine Augen waren groß und heiß und manchmal weinte ich, ohne Schmerz zu empfinden. Im Morgengrauen stürzte das Haus in sich zusammen. Von den Hauengründen her zogen dichte Wolken auf. Ein Sturzregen löschte die Glut aus. Ich setzte mich in den aufgeweichten Kot des Hofes und ließ mir die schweren Tropfen auf Gesicht und Hände fallen. Das war schön. Es begann schon zu dunkeln, als ich ohne bestimmte Absicht die warme, vom Regen breiig gewordene Asche zu durchwühlen begann. Außer einigen unförmigen Klumpen geschmolzenen Metalls fand ich nichts.

Jetzt ist Winter. Die Ferchtäcker, auf denen das Getreide längst verfault ist, sind von einer dünnen

Schneeschichte bedeckt. Auch die Brandstätte ist unkenntlich. Schwarz steht der Wald. Auf den Hauengründen hat der Wind den Schnee zu hohen Wächten zusammengeweht. Ich gehe kaum vor das Haus. Um die Wirtschaft steht es schlechter als je zuvor. Eigentlich kann man von einer Wirtschaft nicht mehr reden, denn ich bin allein und tue nichts. Dennoch habe ich mich dazu entschlossen, an Ort und Stelle zu bleiben, den Hof nicht aufzugeben, ich habe mich dazu entschlossen, die Wirtschaft weiterzubetreiben bis zum völligen Ruin.

Letzte Liebe

Immer wieder stelle ich mir vor, wie die Liebe ist. Immer wieder versuche ich mir etwas vorzustellen, das Liebe ist. Die Liebe ist möglich. Daß man die Liebe nicht kennt, ist kein Beweis dafür, daß es sie nicht gibt. Daß man sich nach ihr sehnt, ist kein Beweis dafür, daß es sie gibt. –
Am Morgen machte er den lange aufgeschobenen Gang zu den Pförtnerhäusern an der Mauer. Am Tor des Gutshofes begegnete er den zur Arbeit ausziehenden Kolonnen der Waldarbeiter. Nachdem sie gegrüßt hatten, nahmen sie ihn nicht weiter zur Kenntnis. Die Wiesen waren kalt und graugrün. Die Männer hatten Sägen, Stricke und Keile über die Schultern gehängt. Er blickte ihnen nach, bis sie im Wald verschwanden. Als einer von ihnen an einen Baum anstreifte, stürzte der Regen, der in der Nacht gefallen war, in einem Guß von den Ästen. Ein Hund, ein gelblicher Bastard, der bis dahin den Arbeitern gefolgt war, lief quer über die Wiesen zum Hof zurück. Die Wagenfurchen auf den Wegen waren noch voll Wasser.
Früher war das Plateau, auf dem der Gutshof stand, Weideland gewesen. In der Zeit der Konjunktur hatte man hier Ziegeleien errichtet, deren Betrieb die Wirtschaftskrise wieder abgewürgt hatte. Kaum fünf Jahre waren die Fabriken in Betrieb gestanden. Die verlassenen Lehmgruben hatten sich mit Grundwasser gefüllt. Der Wind

warf kleine Wellen auf der Oberfläche dieser Teiche auf. Ihre Ufer waren verschilft. Die Ziegelöfen fielen langsam in sich zusammen. In den Fugen ihres Mauerwerks wuchs Gras. Keiner kümmerte sich um die zu Pyramiden aufgeschichteten Ziegel. Vögel wohnten darin. Die tief in den Lehm eingeschnittenen Wege verschwanden allmählich unter Gras und Gestrüpp. Fast war es wieder ein Stück Natur geworden.
Als er bei einem Lagerschuppen vorbeiging, hatte er das Gefühl, beobachtet zu werden. Er drehte sich ein paarmal um, aber es war niemand zu sehen. Aus dem Kamin des Gutshofes stieg eine dünne Rauchsäule auf. – Wenn die Sonne durch die Wolken bricht, glaubt man, sie schaue einen an. In den Augen der Toten spiegeln sich die fliegenden Gänse wie in einem Teich. – Sein Vater war lange tot. Er selbst war jetzt fünfzehn Jahre Verwalter. Er bückte sich nach einem Grashalm. An einer Biegung des Weges blieb er stehen. Rechter Hand zogen sich Hügelkuppen in einer geschwungenen Kette fort. Links ahnte man – eine Waldgruppe verstellte den Ausblick – die Ebene, die sich dort gegen Osten erstreckt. Die teils bewaldeten, teils von Wiesen bedeckten Hügel zeichneten sich bis in die Weite des Panoramas hinaus als scharfe Kontur gegen den Himmel ab. In den Taleinschnitten sah man hier und dort die Windungen einer Straße. Der Luftraum darüber schien von klarem Wasser erfüllt zu sein. An steileren Hängen erkannte er unter dem schütteren Bewuchs die mächtige Schichtung des Lehms. Menschliche Siedlungen waren nicht zu

entdecken. Der Wind bewegte die Zweige der Apfelbäume, die eine Allee entlang seines Weges bildeten. Ihre Blätter erschienen ihm lanzettförmig und in einem ins Schwarze gehenden Grün.
Die Pförtnerhäuser müssen aufgelassen werden, dachte er. Niemand braucht sie. Sie stehen seit Jahrzehnten leer. Er konnte sich nicht erinnern, wann das letzte Mal jemand darin gewohnt hatte. Auch nur die notdürftigste Instandhaltung kostet Geld. Die Dächer werde ich abtragen lassen. Die Ziegel kann man noch verwenden. Die Ziegel sind noch gut.
Jetzt, als er den Hang hinuntersehen konnte, erblickte er die Häuser vor sich. Dahinter in der Tiefe breitete sich die Ebene aus. Sie schien gegen den Horizont hin anzusteigen wie eine Woge. Mit einem beinahe vollkommenen Halbkreis schloß sie vor dem Himmel ab. Die Dörfer und Straßen verschwanden in dem Grün der nur durch kaum sichtbare Zäune gegliederten Weiden wie in einem flüssigen Element. Hätte man dort unten den Turm zu Babel errichtet, man hätte auf sein Versinken gewartet. Das riesige Feuer, das man auf seiner Spitze angefacht hätte, wäre einem erschienen wie ein Funken, den der Wind aus dem Ofen reißt.
Die Pförtnerhäuser stellten eine Art Bollwerk dar. Früher hatten sie neben ihrem Hauptzweck auch als Stallungen und Vorratshäuser gedient. Heute findet sich niemand, der eine Pförtnerstellung annehmen will. Die Leute wollen nicht auf dem Land leben. Sie glauben, in der Stadt sei alles Glück versammelt, also auch ihr Glück.

Wieder blickten ihn diese Augen an. Man spürt es, wenn man beobachtet wird. Was für Augen sind es, dachte er. Dann lachte er über diesen Gedanken. Er dachte an Augen, in denen wieder Augen waren und so fort. Ein Vogel, der auf dem Dach gesessen war, flog, von seinem Lachen verscheucht, davon. Als er an eines der Fenster trat, um ins Innere des Hauses hineinzublicken, sah er sein Gesicht vor sich. Auf der Hand, mit der er sich von der Mauer abstützte, spürte er ihre Wärme. An vielen Stellen kamen die Ziegel durch den Verputz. Das sich in den Fensterscheiben brechende Sonnenlicht warf kleine Regenbogen auf den Boden der Zimmer.

Schon nach kürzester Zeit ergreift das Ungeziefer von leerstehenden Häusern Besitz. Im Freien kann es nicht leben, mit den Menschen kann es nicht leben. Es kann nur dort leben, wo Menschen waren, aber nicht mehr sind.

Die Torflügel hingen unverändert in den Angeln. Er blickte zwischen ihren Stäben hindurch. Überall verläuft die Grenze der Welt. Wir haben sie immerzu vor uns, dachte er. Auf dem Weg, der die Verbindung mit dem nächsten Dorf und indirekt auch mit der Kreisstadt herstellte, wuchs Gras. Seit das Währungssystem zusammengebrochen war, gab es so gut wie keinen Handelsverkehr. Jeder mißtraute dem Geld. Die Bauern der Umgebung hatten nichts zu verkaufen. Ein Hirschkäfer kroch über einen Stein, der mitten auf dem Weg lag. Das Gelände fiel sanft gegen die Ebene hin ab. Ehemals haben Buchenwälder die Hänge bedeckt. Jetzt waren sie von etwa

mannshohem Gestrüpp bestanden. Der Kleinbesitz der Bauern hat in der Krise am stärksten gelitten. Damals hat man die Waldbestände rücksichtslos abgeholzt, um sich mit dem Verkauf des Holzes den notdürftigsten Unterhalt zu erwirtschaften. In solchen Zeiten gelten die Gesetze nichts. Die Forstbehörden haben dem Raubbau machtlos zusehen müssen. Die zentralen Stellen haben gefürchtet, daß es im Gefolge von Maßnahmen gegen die Bauern zum Aufruhr hätte kommen können. Die rapide Inflation hat allmählich eine für die Zentralregierung gefährliche Stimmung im Volk aufkommen lassen. Wer diese halbverhungerten Bauern ihre Bäume hat schlagen sehen, der versteht ihren Haß, den sie gegen jeden hegen, der etwas besitzt. Spekulanten haben in der Krisenzeit ein Vermögen erworben.
Links und rechts vom Tor stehen die Pförtnerhäuser, die gleichsam nur eine Verdickung der Mauer bilden, die die ganze Besitzung umgibt, davor liegt der ovale, ehemals mit weißem Kies bedeckte Platz, dahinter die Gutsherrschaft, die sich in unregelmäßiger Gestalt über Täler und Hügel fortzieht. – Die Absicht der ehemaligen Gutsherren kann man erkennen, dachte er, mehr kann man aus der Beobachtung der Zustände hier nicht erfahren. Das ist freilich keine schwierige Erkenntnis, denn die Absicht der damaligen Gutsherren ist auch unsere Absicht: die Erschaffung eines kleinen, gesicherten Erdkreises, wo man in geordneten Verhältnissen leben kann. – Eine sich hier aufdrängende Zwischenfrage, ob man die Erkenntnisse anderer begreifen könne, wenn sie

nicht zugleich auch die eigenen sind, lassen wir beiseite. – Ist zur Zeit der Gründung der Herrschaft die Erreichung des Zieles infolge günstiger Umstände möglich gewesen, so zeigt sich jetzt, da dies unmöglich erscheint, daß auch damals das Ziel nur in einem sehr beschränkten Sinn erreicht worden ist. Wollte man behaupten, die damaligen Gutsherren hätten das Ziel erreicht, dann müßte man sagen – die Leistungen dieser Männer sollen hier nicht herabgesetzt werden –, sie haben nur einen Schritt ins Ziel gehabt. Eine solche Nähe des Zieles können wir aber nicht annehmen, denn sonst hätten wir es auch selbst schon erreicht.

Die Verwaltung eines weit über fünfzig Hektar großen Gutes ist nicht leicht. Schon in normalen Zeiten fordert sie den Einsatz aller Kräfte, die man aufbringen kann. In schweren Zeiten wird man – es sind nicht die geringsten Reserven da, die man zulegen könnte – aufgerieben. Wie durch ein Wunder ist das Gut bis jetzt vor der vollständigen Auflösung bewahrt worden. An dieser Tatsache hat niemand ein Verdienst. Sie besteht und wird vielleicht einmal aufhören zu bestehen.

In den Tagen der ärgsten Wirren, vor etwa dreißig Jahren, ist die Frau des Gutsherrn von meuternden Dienstleuten erschossen worden. Der Gutsherr selbst konnte entkommen. Er lebt heute in Amerika. Das Gut hat er nie wieder betreten. Wie sein Anwalt erzählt – er kommt manchmal auf ein paar Tage aus der Stadt heraus, um sich vom Stand der Dinge selbst zu überzeugen –, vermeidet der Herr in seinen Briefen sogar den

Namen des Gutes. Will er etwas darüber wissen, dann schreibt er: Wie geht es Meidner? Damit ist mein Vater gemeint, das wird aus dem Zusammenhang der Briefe deutlich, obwohl es ja auch mein Name ist, also auch ich gemeint sein könnte. Seltsam, daß er den Namen des Vaters stellvertretend für das Gut verwendet, dachte er. Mein Vater ist doch schon lange tot. Entweder ist diese Tatsache dem Herrn noch nicht zur Kenntnis gebracht worden, oder er ignoriert sie. Der erste Fall ist unmöglich, denn er weiß, sollte er die Nachricht nicht in anderer Form erhalten haben, zumindest von meiner Bestellung zum Verwalter. Er ignoriert sie also. Gründe dafür kann man sich schon vorstellen. Vielleicht ist ihm der Gedanke an meinen Vater, der ihm viele Jahre gedient hatte, ein Trost in der Fremde, in der er jetzt lebt, und er will eine Veränderung nicht wahrhaben. Vielleicht aber hat er seine Gedanken vollständig von der alten Heimat ab- und auf neue Ziele hingewendet, so daß er den Tod meines Vaters einfach deshalb übergeht, weil er ihn nicht kümmert. Man kann es nicht wissen. Aus den Erzählungen des Anwalts – er ist der einzige, der mit dem Gutsherrn in Kontakt steht – wird man nicht klug. Man hat den Eindruck, er wisse selbst nicht allzu viel über die jetzigen Verhältnisse des Herrn. Einmal habe ich schon gedacht – diesen Gedanken habe ich seither mit aller Macht zurückgedrängt –: Vielleicht gibt es längst keinen Herrn mehr, vielleicht hält nur der Anwalt diese Fiktion noch aufrecht, um sich zu bereichern?
Wenn der Herr auch in der Ferne lebt und keine

unmittelbare Hilfe ist, es gibt ihn immerhin, und allein der Gedanke ist Hilfe genug, daß er einmal, zur Freude der Getreuen und zum Schrecken des Gesindels, mit einem schweren amerikanischen Automobil in den Gutshof einfahren könnte, um Abrechnung zu halten. Nur im Hinblick auf diese Überlegungen ist es sinnvoll, Verwalter zu sein, denn was ist ein Verwalter ohne einen Herrn?
Über die Frau des Gutsherrn sind bis heute zahlreiche Legenden im Umlauf. Gäbe es eine einzige, man würde ihr Glauben schenken. Je mehr ich aber von dieser Frau gehört habe, desto mißtrauischer bin ich gegen die Erzähler geworden. Die einen beschreiben sie als schöne, stattliche Frau, deren Güte und Großzügigkeit überall bekannt gewesen seien. Die anderen erzählen, sie sei wohl schön von Angesicht, aber arrogant, launenhaft und jähzornig in ihrem Charakter gewesen. Sie habe – man wartet nach den vorhergehenden Schilderungen förmlich auf dieses Detail – ihren Mann betrogen. Ihren Tod wollen diese Erzähler nicht als Unglücksfall, sondern als einen Mord aus Eifersucht deuten. Das ist billige Phantasie. Diese Geschichten klingen wie Ausschnitte aus einem Kolportageroman: Ihre Lippen seien breit und über die Ränder hinaus rot geschminkt gewesen. Sie habe dunkle Hüte, schwarze Schleier und meist grüne Seidenkleider getragen. So ungereimt solche Worte klingen, man kann sie doch nicht ohne Überlegung verwerfen. Wäre diese Frau gut, und nur gut gewesen, warum sollte bis auf den heutigen Tag Verleumdung gegen sie wirksam sein? Wenn die Erzählungen auch zu

sonst nichts gut sind, einen Stachel setzen sie einem ins Herz.
Alle Berichte über diese Frau verlangen gewissermaßen als Ergänzung, daß sie nicht in einem durchschnittlichen Gutshof, sondern in einem Schloß gelebt hat. Man sieht ihre zierliche Erscheinung die Treppen eines herrlichen Hauses hinaufsteigen. Ihre Haut kann man sich nicht anders als im Licht von Kerzen schimmernd vorstellen. – Das ist aber nichts als Einbildung, durch Erzählungen hervorgerufen, die dem Wunsch der Menschen nach Täuschung genauestens entsprechen. Sich fortträumen, nicht nur durch einen Spalt der angelehnten Tür auf allen vieren sich hinausschleichen, nein, durch das Fenster hinaus in den Himmel aufsteigen wie Vögel wollen die Menschen. –
Was die Umgebung jener Frau betrifft, so beweist der Anblick des Gutshofes, wie er sich heute darbietet, das Gegenteil. Selbst wenn man in Betracht zieht, daß die Zeit vieles von der Schönheit und dem Glanz dieser Anlage vernichtet hat, kann man nicht darüber hinwegsehen, daß der Hof in seiner Konzeption nichts Großartiges hat, nichts, was ihn über ähnliche Bauten solchen Umfanges stellen würde. Außerdem mag man es verschieden beurteilen, ob der Verfall nicht das, was er auf der einen Seite zerstört, auf der anderen Seite durch die Schönheit seiner natürlichen Begleitumstände wieder hinzufügt. Moos verziert alle Gesimse, in den Dachrinnen wächst Gras, die abgeblätterten Mauern zeigen die weißen Steinquadern, aus denen sie gefügt sind, als ihren unverweslichen

Leib. Wenn man den Gutshof betritt, spürt man, daß etwas Unzerstörbares in ihm ist. Es mag die Anordnung der Gebäude sein, die Idee der Umgebung einer Mitte, die des Schutzes bedarf.
Als Kind war er öfter um die Mittagszeit, wenn der viereckige Hof menschenleer in der Sonne lag, in dessen Mitte gehockt. Diese Gewohnheit wäre nichts Besonderes gewesen, wenn sie nicht ein Merkmal gehabt hätte, das sie von all seinen sonstigen Spielen unterschieden hatte: Er durfte sich nicht bewegen. Reglos zusammengekauert mußte er verharren, den Kopf auf die um die Knie verschränkten Arme gestützt. In dieser Haltung saß er in den von der Welt abgeschlossenen, aber wie durch ein großes Fenster mit der Unendlichkeit des Himmels verbundenen Hof eingebettet, als wäre er eine Luftblase in der Tiefe des Meeres. Die Heimatlosigkeit der Vögel – sie ist es, die ihren Flug für uns so verwirrend und berauschend macht – ging ihm ans Herz. Er war traurig, aber er war glücklich darüber, traurig zu sein.
Heute war er anders. – Wenn man sein abgelaufenes Leben betrachtet, erkennt man, daß man gerade jenen Kräften die Tür aufgestoßen hat, die man jetzt verflucht. Mit dieser Erkenntnis öffnet man sich für neue Dämonen. Man hebt die Hand an die Augen, um den milchigen Strich besser ausnehmen zu können, der den Tag von der Nacht scheidet. Dabei sollte man besser die Augen schließen und die Hände tappend nach vorne ausstrecken. Nichts mehr sagen, die unlenkbaren Luftschiffe nicht mehr lenken. Warten. –

Als er jetzt einen Vogel über den fernen Hügeln dahinfliegen sah, senkte er seinen Kopf und legte die Hand über die Augen. Bruder, hätte er rufen mögen, aber er blieb stumm und rührte sich nicht. Das stumme Auge des Vogels, das stumme Auge des Fisches, das stumme Auge des Himmels.
In den Lehmgruben hatte er als Kind nach Fossilien gegraben. Manchmal hatten ihm die Arbeiter das eine oder andere Stück geschenkt. Wenn er die Ziegelteiche lange beobachtet hatte, war es ihm ungewiß gewesen, ob sich an ihrer Oberfläche der Himmel nur spiegelte oder ob dort der Himmel selber war.
Er wandte sich vom Tor ab. In der Ferne erkannte er einen Felsabbruch, der in der Sprache der Bauern STURZ genannt wurde. Früher hatte man dort Steine gebrochen. Am Fuß der Felsmauer erkannte er winzig klein die eingefallenen Baracken der Steinbrucharbeiter.
Eine gerade Linie von seinem Auge zu jenen Hütten, quer durch die Luft, einen Radius bis zu einem Punkt des Horizontes ziehen, darauf im rechten Winkel die Tangente an den Erdkreis, die mit ihren Enden in den Raum hinausläuft. Die Vorstellung jener Kalotte, die er übersehen konnte. Der riesige Basiskreis des Kegels, der von seinem Sehstrahl ummantelt wurde. Die Zahlen. Das vorhandene, aber nicht erkennbare Gesetz. Der Kreis, die Quadratur des Kreises, eine menschliche Behausung. Im Unmöglichen angesiedelt, mit angelegten Händen auf einer Turmspitze stehend, von einem unwahrscheinlichen, zum eigenen Erstaunen doch fortwährend eintretenden Zufall

vor dem Sturz bewahrt, immer in Erwartung des Sturzes, immer in Erwartung der Himmelfahrt. – Neben den Pförtnerhäusern standen die Brennnesseln beinahe mannshoch. An feuchten Stellen wucherte der Huflattich. Seine großen Blätter waren von Schneckenspuren überzogen. Aus den Mauern blickten ihn viele Gesichter an. Mit ausgebreiteten Armen und offenen Mündern standen diese Menschen vor ihm, leicht nach vorne gebückt, angestemmt gegen die Kraft des hier über der grauen Ebene ewig sausenden Windes. Eine Sandfontäne, die für Sekunden hinter ihnen starr in der Luft stand, bevor sie der Sturm in einem Wirbel davonriß, hatte die Form einer geöffneten Hand. Die Risse in den Mauern waren schwarz von Spinnen. – Du glaubst, der Riß ist nur oberflächlich, aber er geht weit in die Tiefe. Zwischen deinen Augen ist der Riß, zwischen deinen Lungen, zwischen deinen Beinen ist der Riß. Spinnen suchen dich heim. Von der Gutsherrin erzählt man, ihre Haut sei wie Milch gewesen. Wenn man an Milch denkt, denkt man an Schlangen. Ein Gedanke ruft den anderen herbei. Man streckt die Hand in die Höhe zum Gruß. Man öffnet den Mund zum Gruß. Es ist eine kleine, dunkle, stumme Höhle in der unendlichen Höhle. Man schließt die Augen gegen Sand und Sturm. Früher hat man geweint. Der Efeu schlingt sich bis unter die Dachtraufe hinauf. Auch er ist voller Getier. Seine Ranken sind stark wie die Schlangen. Könnte man den Kopf in einen Schraubstock einspannen, um immerzu nur in Betrachtung des Guten zu leben und dadurch selbst gut zu werden, es würde sich bald zeigen, daß es der Kopf nicht ertragen, daß es das Herz nicht ertragen kann, daß es die Augen nicht fassen können. Mit halbblinden Augen würde man – die Hände zerrten schon lange an den Schraubzwingen, um sie zu öffnen – das Gesicht des Teufels erkennen. –

Eine der Türen war aufgebrochen. Am Türblatt war ein zwölfzackiger Stern eingeschnitzt, an den Türpfosten Kreise. Er stieß die Bretter zur Seite und trat in den Flur ein. Ein großes Stück der Decke war eingestürzt. Der Pförtner war in den Unruhen erschossen worden, weil er sich auf die Seite der Herrschaft gestellt hatte. Seine Frau und seine Kinder hatte man erst verschont, sie aber einige Tage später gleich vor dem Haus in einem halbstündigen Verfahren verurteilt und erschossen. Die Treppe zum Dachboden hinauf stand noch. Er scheuchte einen großen Vogel auf, eine Eule wahrscheinlich. Ameisen zogen, einen diagonalen, dunklen Strich bildend, über die rechte Wand. Am Fuß der Treppe lag eine Petroleumlampe. Linker Hand hatte man einen Haken in die Wand geschlagen. Eine Rostspur ging von ihm aus. – Das Licht der Petroleumlampen in der Nacht. Heute wie damals blicke ich zu den Sternen hinauf und warte auf etwas. Nachts bellen die Hunde. Im Sommer zirpt es im Gebüsch. Im Herbst fällt der Regen in die Stoppelfelder. Auf den Lachen steht in der Früh das Eis. Im Winter friere ich. Eine lange Zeit, seit damals, dachte er. Heute heute, morgen heute, in zwanzig Jahren heute usf. Im November versinkt das Land in

Regen und Schlamm. Es ist ein Glück, daß man sich an so wenig erinnert. Öfter kann man die Leute reden hören: „Es ist ein Glück, daß wir nicht wissen, was kommt.“ Wenn ich die Hände über diese Mauern gleiten lasse, spüre ich den kleinen Leib, der ich war. Wenn ich die Augen schließe, spüre ich, wer ich bin. –
Er stieg die Treppe zum Dachboden hinauf. Durch die Dachluken strömte das Licht ein. Der Staub, den er mit seinen Füßen aufwirbelte, stieg tanzend darin auf. Durch eine Luke betrachtete er die Hügel, die sich vor ihm ausbreiteten. Ein Stück Straße leuchtete zu ihm herauf. Ein Kahlschlag, der gradlinig die Flanke eines Hügels hinauflief, erschien ihm wie ein Zeichen der Strafe. Nach der Dunkelheit des Flures empfanden seine Augen die Sonne doppelt hell. – So täuschen wir uns, dachte er. Aus der Wüste heben wir unseren Blick zu den Gestirnen. Auf die Ödnis ringsumher können wir unsere Hoffnung nicht richten, von dort ist nichts zu erwarten, also richten wir sie in die Ferne. Würde am Nachthimmel in großen Buchstaben die Schrift erscheinen: ERPOTR EESI, wir würden eine heilige Botschaft dahinter vermuten, obwohl diese Worte doch absolut nichts bedeuten. Selbst das grausame Gelächter, das aus der kalten Ferne des Weltraums zu uns dringt, zerstört unsere Hoffnung nicht. Wir sitzen still in der Nacht und breiten unsere Arme aus. Das Fernweh ist groß. Reisen, reisen müssen wir auf jeden Fall. Die einen unternehmen die Reise zum Mond, die anderen unternehmen die Reise zum Mittelpunkt der Erde. Die Haut der Zigeuner ist braun, ihr Haar

ist schwarz und liegt straff nach hinten. Kometen umfliegen ihre Herzen. Wo sie auch stehen und sich herumtreiben, überall ist Fremde.
Die irdische Reise antreten: Sein Gesicht in den Sand legen, in die Steine am Fluß und hinter den verschlossenen Lidern den Blick auf einen mächtig aus der Landschaft sich erhebenden Leib richten, halb Mensch, halb Baum, auf glühende Massen, auf den Nabel, auf die versinkende Sonne im Fluß. Der Flügel einer Libelle steigt aus dem Meer auf wie ein Segel. Eine Wanderung führt durch Stein und Ginster. Der Strandhafer in den Dünen, ein Wolkenbild über der Ebene. Selten begegnet man einem Lebewesen. Selten glückt es, ein Gesicht an seinem Gesicht zu spüren. Lange hat man gewartet, bis der Geliebte aufgetaucht ist, Mann oder Frau. Menschliches währt nicht lange. Über dem dunkler werdenden Land erscheint ein schlanker Fisch mit rötlichen Flossen. Die Bäume erstarren in schwarzem Grün. Man ist Atem in der Dunkelheit, Atem und Gehör. Der Mund ist eine stumme Falte. Die Hände sind um Flußsteine geschlossen. Man hört – es ist das einzige, was man außer dem Schlagen des Herzens wahrnimmt – die Schreie der Vögel. –
Auf dem Dachboden fand er einen Kasten voll mit Schnüren, Zeitungspapier, Schriftstücken, leeren Säcken. Einiges, was ihm der näheren Betrachtung wert schien, zog er ans Licht. Die ermordete Frau des Gutsherrn kam ihm wieder in den Sinn. Wie der Anwalt ihm einmal erzählt hatte, erwähnte sie der Gutsherr in seinen Briefen nur als „die Frau". Nie gebrauchte er die richtige

Wendung: „meine Frau". Beim Lesen dieser Briefe, sagte der Anwalt, habe man das Gefühl, jedes Wort werde einem einzeln von einer gerade noch hörbaren Stimme zugerufen. Wo ist Amerika und wo sind wir, pflegte der Anwalt solche Erzählungen abzuschließen.

Die Frau des Gutsherrn hatte man gleich nach ihrer Ermordung in aller Eile begraben, ohne Einsegnung, ohne jede Zeremonie. Selbst die Stelle des Grabes hatte man nicht bezeichnet. Man fürchtete, damit weitere Ausschreitungen zu provozieren. Sein Vater hatte ihn einmal knapp vor seinem Tod zu einer Lichtung im Wald geführt – sie lag nahe an der äußersten Umgrenzung des Besitzes – und hatte ihm gesagt, daß man sie hier begraben habe. Auf die Aussagen eines Greises kann man sich nicht verlassen. Ein anderes Mal hatte er durch das Fenster zu den Ziegeleien hinabgezeigt – damals war er schon an sein Bett gefesselt, man mußte ihn stützen, wenn er sich aufsetzen wollte – und hatte gesagt: „Dort liegt sie, dort liegt sie gut!" Im Angesicht eines vom Tod schon gezeichneten Menschen macht man keine Einwände. – Nicht wenige Stimmen haben die Beziehungen der Gutsherrin zu meinem Vater, nach dessen Tod, ins Zwielicht gerückt. Andererseits haben sie die Treue meines Vaters zum Gutsherrn hervorgehoben. Wenn man sich, nicht nur um zu reden, wie es die Leute tun, sondern um die Wahrheit zu ergründen, auf solche Spekulationen einläßt, muß man scheitern. Ich habe diese Reden stets angehört, wie man ein Märchen anhört. Zwischen mir und ihnen habe ich einen

Graben gezogen. Vom Gutsherrn selbst, er ist wohl der einzige, von dem man Genaueres erfahren könnte, ist nichts zu erfahren – er schweigt oft zu den allgemeinsten Fragen, die der Anwalt brieflich an ihn stellt –, und ich habe es auch gar nicht versucht. –

Er blätterte in den Schriftstücken und las hie und da eine Seite durch. In der Hauptsache waren es Abrechnungen von Fuhrlöhnen und Angaben über das transportierte Gut. Die Kutscher und ihre Knechte waren, wie auch die Stallungen, in den Pförtnerhäusern untergebracht gewesen. Er erinnerte sich an ihre Rufe, mit denen sie ihre Gespanne zu diesem oder jenem Tempo bestimmt hatten. – Eine Mitteilung von Mensch zu Mensch ist schon möglich. Wenn man das Schreien der Dohlen als Mitteilung auffaßt, dann ist auch das Gespräch der Menschen Mitteilung. Es sind Signale, die in den Weiten aufbrennen. – Als Kind hatte er stundenlang den Rufen der Waldarbeiter zugehört, mit denen sie sich über Täler hinweg unterhalten konnten. Ihre Sprache, die heute kaum mehr einer kennt, besteht aus Rufen, die tief in der Kehle gebildet werden. Diese Laute erinnern an das Röhren des Hirsches. Stundenlang hatte er in die Stummheit der Wälder gehorcht, dann hatte er stundenlang den Schreien der Holzfäller gelauscht.

Links und rechts von den Pförtnerhäusern zog sich die Umfriedungsmauer des Grundstückes fort. Ein Fahrweg lief an ihr entlang. Zypressen bildeten etwa hundert Schritte vom Tor entfernt ein kleines, duftendes Wäldchen. Die Sonne hatte das

Regenwasser schon beinahe aufgesogen. Von ferne hörte er das Bellen eines Hundes. Zur Zeit der Unruhen hatte man einen herrschaftstreuen Flurwächter an eine der Zypressen genagelt. Er dachte an einen in stillen Wassern versinkenden Leib. – Durch den Schmerz durchgehen in den Schmerz der Stille. Die Mückenschwärme über den Wiesen, die Sternennebel in der Tiefe des Raumes. Der Mensch schreitet fort. Der Mensch verharrt. Immer wird er bewegt. –

Die Mauer war in doppelter Mannshöhe aus Steinen und Ziegeln aufgeführt. Einmal war sie verputzt, die hie und da in sie eingelassenen Unterstandsnischen waren mit Fresken geschmückt gewesen. So hatte es ihm sein Vater geschildert. Im Angesicht der durchlöcherten, streckenweise überhaupt zusammengestürzten Mauer fiel es ihm schwer, solchen Worten Glauben zu schenken. Öfter hatte er gedacht: „Es ist eine Mauer und doch ist es keine Mauer. Diese Mauer behindert niemand. Will jemand eindringen, so kann er es tun, will jemand fliehen, so hält sie ihn nicht auf. Sie bietet keinen Schutz. Nur in den Reden der Bewohner der Herrschaft besteht sie fort. Würden nur mehr einzelne, mürbe Steintrümmer herumliegen, sie würden nicht aufhören von der Mauer zu sprechen."

Die Mauer war in der Kindheit seines Vaters errichtet worden. Der jetzt im Ausland lebende Gutsherr war damals noch gar nicht auf der Welt gewesen. Der Vater hatte sich noch an die Arbeitskolonnen erinnert, die jahrelang an der Fertigstellung der Mauer gearbeitet hatten. Der Sinn dieser Anstrengungen ist von vornherein fragwürdig gewesen. Eine Zierde stellt ein solches, unregelmäßig über Berg und Tal sich hinziehendes Bauwerk nicht dar. Verteidigungszwecken hat es nie gedient und kann ihnen beim Stand der Waffentechnik auch nicht dienen. Es gewährt nicht einmal Schutz vor Dieben und Räubern, dazu ist es zu gering, zu leicht zu überwinden. Die Grenze des Besitzes ist weitläufig, und wenn die Wächter auch unermüdlich unterwegs sind, so können sie doch nicht an allen Punkten gleichzeitig sein. Tatsächlich ist durch den Bau der Mauer der Wald- und Feldfrevel nicht unterbunden worden. Vielleicht hat auch die Wächterschaft, oder zumindest ein Teil von ihr, mit den Holzdieben zusammengearbeitet. Dieser Verdacht war einer der Gründe, die schließlich zur Entlassung aller Wächter geführt hatten. Wenn man im Morgengrauen, wenn der Nebel noch die Täler erfüllt, an der Mauer entlangwandert, ist man stellenweise unsicher, ob man sich außerhalb oder innerhalb befindet. Solche Täuschungen werden durch den gewundenen, vielfach gezackten Verlauf der Mauer begünstigt. Die endlos im Kreis sich schließende Mauer erscheint einem als Bestandteil des Traumes, den das Land und der Himmel in ihrer grenzenlosen Weite träumen.

Vielleicht ist dem damaligen Gutsherrn beim Bau der Mauer die Idee eines großartigen Monumentes als Gesicht und Stirn seines Besitzers nach außen hin vorgeschwebt. Tatsächlich ist die Mauer immer nur eine Mauer gewesen, mehr nicht. Geldmittel und Einfallsreichtum haben zur Verwirklichung des Idealbildes nicht gereicht. Die Größe des Zieles macht die Jämmerlichkeit des Erreichten doppelt deutlich. Wenn die Arbeiter nach der sonntäglichen Lohnauszahlung – damals wurde der Samstag als Werktag gehalten – betrunken und stumm auf dem staubigen Platz um die eigens für sie aufgestellte Branntweinhütte lagen, spiegelte dieses Bild trefflich die Sinnlosigkeit des ganzen Unternehmens wider. „Wer nicht fliegen kann, soll auf dem Boden bleiben", hatte sein Vater im Zusammenhang mit solchen Überlegungen manchmal gesagt. Diese Worte gehen, so einleuchtend sie auf den ersten Blick auch scheinen, am Kern der Sache freilich vorbei. Man kann zwar nicht fliegen, dazu fehlt es an kräftigen Schwingen, man kann aber auch nicht auf der Erde herumkriechen, dazu sind die Gliedmaßen zu unproportioniert, ist die Haut zu verletzlich.

Als er vor das Haus trat, richtete er unvermittelt seinen Blick auf die Zypressen. War dort jemand? – Manchmal erschrickt man vor dem großen Atem der Welt. – Er wich ein, zwei Schritte gegen die Hausmauer hin zurück und ließ seine Augen langsam über das Gelände streifen. – Aus den Augenwinkeln nimmt man Bewegungen besonders gut wahr. Den beobachtenden Blick von Tieren spürt man, wie man den Blick von Menschen spürt, den Blick der Feinde. – Er konnte nirgends ein Lebewesen entdecken. Als er wieder zu den Zypressen hinüberblickte und ihr dunkles, federndes Grün in das gelbliche, zitternde Grün der Gräser herrlich eingefaßt sah, dachte er an das Paradies. „Das Paradies wird es schon geben", dachte er, „wenn es auch nicht für uns bestimmt ist. Sollten wir tatsächlich einmal darin gelebt haben, so sind wir nicht an einem Tag daraus vertrieben worden. Ständig werden wir daraus vertrieben, jeden Tag werden wir daraus vertrieben. Überall ist die Schwelle zum Paradies. Dort leben wir, wenn wir auch in den finstersten Winkeln der Welt herumstreifen. Der Blick des Zurückschauenden ist unser Blick."

Jetzt sah er drei, vier Rehe über die ansteigenden Wiesen laufen. Der Besitz war reich an Rotwild. Er schlug den Weg entlang der Mauer ein. Im Lehm entdeckte er die Fußspuren eines Menschen. Nach einigen Schritten bogen sie vom Weg ab und verschwanden im Wald, der hier bis knapp an die Mauer heran stand. Er überlegte, von wem sie hätten herstammen können. „Kehre um", dachte er, aber er ging weiter. Die Stämme von Buchen leuchteten silbrig aus der Dämmerung des Waldes. – Ein Moment schließt sich atemlos an den anderen. Es ist eine Kette gerade noch erträglicher Momente. – Er vermeinte Violinmusik zu hören. Ein vorbeifliegendes Insekt erzeugte einen surrenden Laut. Seine Arme waren gestreckt.

Als er über die zerfallene Mauer hinblickte, wünschte er sich weit fort. Er wünschte sich auf den letzten gerade noch sichtbaren Hügel. Ein im Wind flatternder Vogel zeigte das Weiß seiner Bauchseite. Ein Vogelschwarm wurde von den Wolken verschluckt. Wäre er auf jenem Hügel gewesen, dann hätte er sich auf den äußersten, von dort gerade noch sichtbaren Punkt des Horizonts gewünscht usf. Die Briefe des Gutsherrn aus Amerika begannen, wie er aus den Erzählungen des Anwalts wußte, alle mit der stereotypen Formel: „Mir geht es gut. Ich kann nicht klagen. Wie steht es um Sie und Ihre Geschäfte?" Als sein Vater gestorben war und der Anwalt ihn, den Sohn, zum neuen Verwalter vorgeschlagen hatte, hatte der Gutsherr geantwortet: „Soll er die Sache betreiben oder ein anderer. Ich kann darin keinen Unterschied sehen. Die Sache ist, ihrem Wesen, nicht ihrem Bestand nach, unveränderlich und mein Verhältnis zu ihr auch." Dadurch war er in seiner Stellung bestätigt worden, wenn man es so nennen will. Es war keine Berufung, es war ein rein faktisches Verhältnis, in dem er zum Gutsherrn stand. So unsinnig es gewesen wäre zu behaupten, der Gutsherr schicke Regen und Sonnenschein, so unsinnig wäre es auch gewesen zu sagen, er hätte sonst irgend etwas an den Zuständen bestimmt, wie sie jetzt in der Herrschaft und um sie herum waren. Vor der Ermordung seiner Frau war das Verhältnis des Gutsherrn zu der Besitzung anders gewesen. Mit dem Vater hatte er noch weite Gänge durch die Herrschaft unternommen, um sich selbst vom Stand der Dinge zu überzeugen, um dieses oder jenes selbst anzuordnen. Er hatte jeden seiner Arbeiter beim Namen gekannt und über dessen Verhältnisse Bescheid gewußt. Mit einem einzigen Ruck hatte er sich durch seine Flucht nach Amerika von allen diesen Verbindungen losgerissen. Wenn er es vielleicht auch nicht wahrhaben will, wenn man in der Herrschaft lebt, dann spürt man, daß es ihn gibt oder zumindest gegeben hat. Selbst seine Abwesenheit ist eine Form der Herrschaft.

Nach dem Zeugnis des Vaters – es ist mit Vorbehalt aufzunehmen – hat sich die Frau des Herrn um nichts, was das Gut betraf, gekümmert. Ihr Sinn ist nach Kleidern und Schmuck gestanden, nicht nach Problemen der Verwaltung. „Sie war eine schöne Frau", diesen Satz pflegte der Vater mit Betonung in seine Rede einzuflechten. Er war sich nicht bewußt, daß er damit nichts aussagte als eben die Tatsache ihrer Schönheit. Den Schluß, daß sie auch ihm gefallen habe, wies er bereits im nächsten Satz ebenso entschieden von sich, wie er den ersten immer betonte. „Was weiß ich, ich bin ein alter Mann!" sagte er, wenn man ihn auf die Widersprüchlichkeit seiner Worte hinwies. Dann fuhr er mit der Erzählung von meist unzusammenhängenden Details fort. Die meiste Zeit des Jahres habe sie in der Hauptstadt zugebracht. War sie auf dem Gut, so habe sie nur selten den abgezäunten Park verlassen, der sich an die Hinterfront des Herrenhauses anschloß. Katzen habe sie sehr geliebt, usf. Aus solchen Reden wird man nicht klug.

Jener Park existiert heute nicht mehr. An seiner Stelle sind Baracken für die Waldarbeiter errichtet worden. Die ehemaligen Gesindewohnungen sind in der Zeit der Krise durch mangelnde Obsorge in einen Zustand der Verwahrlosung geraten, der es vernünftiger erscheinen ließ, neue Unterkünfte aufzustellen, als die alten zu renovieren. Von den im Viereck sich um einen Hof schließenden Gebäuden wird heute nur noch das Herrenhaus bewohnt. Es überragt die anderen ebenerdigen Flügel um einen Stock. Es ist allerdings nur mehr eine Frage der Zeit, bis auch dieses Objekt wird aufgegeben werden müssen. Der Verfall ist unaufhaltsam. Schon lange sind die Statuen, die die Dachkante des Hauses geziert haben, in den Hof gestürzt. Dort liegen sie, halb ins Erdreich vergraben. Große Teile des Daches hat man noch zur Zeit des Vaters mit frischen Ziegeln gedeckt. Dieses Detail steht in seltsamem Gegensatz zum Gesamteindruck. Würde nicht Rauch aus dem Kamin aufsteigen, so könnte man glauben, vor einer unbewohnten Ruine zu stehen. Wie aber eine Veränderung bewirken? Geldreserven bestehen infolge der traurigen Wirtschaftslage des Gutes nicht. Die Einnahmen reichen notdürftig zur Weiterführung des Betriebes. Aussicht auf Verbesserung besteht nicht. Im Gegenteil, der Anwalt bringt bei jedem seiner Besuche Interessenten mit, die dieses oder jenes Stück der Herrschaft erwerben wollen. Am liebsten würde man solche Leute mit der Peitsche davonjagen. Was soll man aber anderes tun, als höflich ihre Fragen beantworten und zu ihren Späßen lachen, wenn man ihr Geld braucht. Die Fälligkeit alter Hypotheken zwingt mangels flüssiger Reserven zu derartigen Verkäufen. Die Verkäufe schmälern wiederum die ohnehin unsichere Basis der Wirtschaft. So geht es ständig bergab. Wenn man wollte, könnte man den Tag des Bankrotts schon ziemlich genau errechnen. Der Punkt, an dem die Hoffnung zum Wunderglauben wird, war bereits erreicht. „Solange es geht, werde ich es machen. Wenn es nicht mehr geht, werde ich es nicht mehr machen. Ich tue, was ich kann."

– Wenn man eine Fliege verjagt oder erschlägt, dann hat man sich zwar dieser einen Fliege entledigt, gegen den Stamm der Fliegen hat man damit aber nichts erreicht. Zu größeren Maßnahmen reicht die Kraft nicht aus. Man wird mit den Fliegen leben und man wird sie verscheuchen, wenn man kann. Eines Tages wird alles voller Fliegen sein, der Tisch, die Wände, selbst die Augen, die man bis dahin noch mühsam freigehalten hat. –

„He, Verwalter!" rief ein Mann, den er nicht bemerkt hatte und der jetzt aus dem Unterholz hervortrat. Es war einer der Waldarbeiter, der Mart genannt wurde. „Was gibt es?" rief er zurück und blieb stehen. Der Mann trat unter den Bäumen hervor. Sein Gesicht war von Harz verschmiert. An seiner Seite hing in einer Lederschlaufe die Axt vom Gürtel. Er hatte seine Augen geradeaus auf einen fernen Punkt gerichtet, als er sagte: „Es ist ein Unfall passiert. Am Feld oben hat es einen erschlagen." Das Feld ist der Name einer weiten, verkarsteten Hochfläche, die sich am Nordrand der Herrschaft erstreckt. Früher hatte man dort Steine gebrochen. Der gelbliche, zerfurchte Kalk ist kaum bewachsen. Im Frühjahr, wenn die Steinnelken blühen, täuscht einen ihre Schönheit über die Armut dieses Landstriches hinweg. Mart hatte den Kopf jetzt zu Boden gesenkt. Er roch den Schnapsgeruch, der von dem Arbeiter ausging, als dieser näher an ihn herantrat. Mit dem linken Fuß scharrte Mart im Erdreich wie ein Pferd. „Wie ist es passiert?“ fragte er. „Weiß ich nicht“, antwortete Mart. „Komm!“ sagte er. Als er ihn fragte: „Wer ist es?“ hatte Mart sich schon zum Gehen umgewandt. „Was weiß ich“, murmelte der Arbeiter, ohne sich umzudrehen, so leise, daß er es kaum hatte hören können. Dann lachte Mart laut vor sich hin und ließ beim Gehen seine Hände über die Baumstämme gleiten, zwischen denen sie durchschritten. Er folgte knapp hinterdrein, um ihn nicht zu verlieren. Er beobachtete den starken, im Gehen auf und ab sich bewegenden Nacken des Arbeiters. Unfälle waren nicht selten. Kaum ein Arbeiter, der nicht einmal eine schwere Verletzung erlitten hätte. An den Stellen, wo das Licht durch das Laub bis auf den Boden drang, sah er den Dunst aufsteigen. Er konnte den Schritten Marts kaum folgen. Die Waldarbeiter sind in Partien von sechs oder acht Mann zusammengefaßt. Der älteste ist Partieführer, teilt die Arbeit ein und ist dem Verwalter für die Arbeit verantwortlich. Das Anzeichnen, das Schlagen, das Putzen, das Abrinden, das Ziehen. Früher hatte die Herrschaft zwanzig, oft dreißig Partien gehabt. Jetzt waren es fünf. Die Frau des Gutsherrn soll sich mit den Arbeitern eingelassen haben. Das helle Klingen der Äxte beim Schlagen dringt einem durch Mark und Bein. Man kann es gar nicht begreifen, daß dieses Geräusch mit dem sanften Eindringen des Keiles in das Holz in Zusammenhang steht. „Weiße Schenkeln“, sagte er vor sich hin. „Was?“ fragte Mart. Als er keine Antwort erhielt, fragte er nicht weiter.

Nach einer halben Stunde waren sie am Feld oben. Am Waldrand lag eine geschlagene Fichte. Die Männer standen um sie herum. Als sie seiner ansichtig wurden, grüßten sie. „Dort, dort!“ sagte Mart und wies an eine Stelle des zerbrochenen Astwerkes. Die Männer blickten ihn stumm und blöd an. Ihre Rucksäcke hatten sie auf einen Haufen zusammengeworfen. Der Kalkstein draußen im Feld leuchtete in der Sonne. Einer der Arbeiter spuckte aus. Als er sich bückte, um die Zweige auseinanderzubiegen, schlug ihm Mart mit der Breitseite der Hacke den Schädel ein. – Letzte Liebe, vorbei, letzte Liebe. –

Beschäftigungen

WARTEN

Und ein Tag ist auf den anderen gefolgt, und immer war ich allein. Die Trauer hat keine Worte. Der Schmerz ist nur ein stummes Herumlaufen in den Straßen, ein Schauen über den Fluß hin, wo auf den Schiffen schwarze Fahnen aufgesteckt sind und wehen. Oder man ist draußen gewesen auf dem offenen Land: Ein wenig Schnee hat die Schritte unsicher gemacht, der Kot der aufgeweichten Landstraßen hat die Schritte beschwert, und doch ist man gelaufen, weiter und weiter, angebunden an den Schmerz. Schweigsam haben einem die Bauern nachgeschaut, und die Dörfer sind dunkle Haufen gewesen aus Geschrei und Gestank, man hat sie gemieden. Einmal in ein Dorf verirrt, findet man nicht mehr heraus zwischen seinen Menschen und Tieren. In den Stallfenstern tauchen Laternen auf und Gesichter, ein Peitschenstiel liegt mitten auf dem Weg, alle Türen sind verschlossen und im Flur hört man die Kinder schreien. Draußen, in die Hügel ringsum, haben sie Löcher gebohrt, wie die Schwalben Löcher in die Lehmwände bohren, wie dunkle Löcher des Schmerzes, und Bauern stehen davor, und aus der Tiefe der Keller dringt der Geruch von Most und Wein. Du aber gehst zum Wald, es regnet, ein wenig Schnee mischt sich mit dem Regen und im Sturm sind die Teufel wie in deinem Herz.

Ich bin in die Felder hinausgewandert, zwischen Disteln habe ich ein Stück Brot verzehrt, Vögel waren ringsum, der Himmel hatte die Farbe von Schiefer. Es war kein Wind und doch habe ich über der Kimmung eines Hügels weiße Papierdrachen aufsteigen sehen und ihre Leinen waren straff gespannt wie Violinsaiten. Also habe ich mich auf den Weg gemacht und bin über die Furchen der Äcker gehüpft wie ein Vogel. Die Farben, habe ich gedacht, Rot, Blau, Grün und Gold, jene Drachen aber waren weiß. Ich habe mich einer Stunde am Meer erinnert, wo die Wasser glatt waren und besänftigt. Damals sind weiße Segel im Mittag gestanden, wohin fahren sie, habe ich gedacht, wo ist ihr Ziel. Mehr als die Grenze habe ich nicht erfahren, die Segel sind untergetaucht in Himmel und Meer. Über dem Feld hat sich ein Wind erhoben. Der Wind wohnt in den vier Hütten an den vier Ecken der Erde. Hagelkörner sind niedergestürzt, und jener Hügel ist groß und dunkel vor mir gestanden wie eine Woge aus Gestein. Die Drachen aber waren verschwunden.

Ich habe den Kopf in Brunnentröge gesteckt, um den Schmerz zu vergessen. Ich habe den Kopf in Wildbäche getaucht, um den Schmerz wegzuschwemmen. Ich habe mein Ohr an die Erde gelegt, um den Schmerz in der Erde drinnen singen zu hören, den Schmerz der Erde. Im Wald habe ich einen Baum umfaßt und meine Finger in die Risse seiner Rinde gepreßt. Nah stehen im Wald die Bäume zusammen und doch ist jeder für sich allein. Nah sein und doch fern sein, das ist der

Schmerz, die Trennung. Ein großer Vogel ist mir am Waldrand begegnet. Seine Federn waren braun. Sein Schnabel war gelb. In der Dämmerung haben wir einander verloren.
Wenn etwas mit einem anderen vereint ist, dann trennt es die Zeit. Die Zeit ist ein großes Messer. Ich habe beobachtet, wie die Schatten über einen großen Platz wandern. Ich habe beobachtet, wie Menschen über einen großen Platz gehen. Aus den Fenstern der Gebäude haben sich Frauen gebeugt. Auf den Dächern waren viele Schornsteine. Die Sonne ist ocker, der Schatten ist umbrafarben. Die Menschen sind vom Schatten in die Sonne, von der Sonne in den Schatten gegangen. Es ist sehr still gewesen. Die Uhren sind vorgerückt. Es ist dunkel geworden. Nachts war niemand mehr unterwegs. Nachts steht die Zeit still. Nachts ist man nicht allein.
Die Regenpfeifer haben gesungen und es ist Regen gekommen. Wir haben gespürt, daß wir auseinanderfallen. Wir haben nichts tun können, wir sind auseinandergefallen. Wie die Blüte des Klatschmohns sind wir auseinandergefallen im Wind, wie der Stern der Distel sind wir auseinandergefallen im Regen. In verschiedene Ecken der Welt sind wir zerblasen worden. So sind wir verdorrt.
Die Liebe hat vier goldene Arme wie ein Leuchter. Der Schmerz hat acht schwarze Arme wie der Polyp. Am hellsten Mittag ist alles dunkel wie Tinte. Man hält sich zwischen Steinen versteckt im Gebirge der Trauer. Man hat die menschliche Sprache verloren. Man hat kein Gesicht, keinen

Namen. Moose wachsen zwischen den Steinen und ein wenig Gestrüpp. Manchmal fliegt ein Vogel vorüber. Einmal, nachts, ist eine Schar von Wölfen vorbeigestürmt. Weit könnte der Blick ins Land gehen vom Gebirge, aber man ist müde, man läßt ihn nicht fort.

Der Wechsel von Tag und Nacht, der alles noch schmerzlicher werden läßt. Auch wenn du an der Stelle verharrst, die Zeit führt dich fort. Bald wirst du weit weg sein, ein kleines, hoffnungsloses Boot auf hoher See. Du streifst die Ruder mit den Fingern, du läßt sie los. Du ergreifst den grünen Griff des Steuers, du läßt ihn fahren. Alles läßt du sein. Schließlich streckst du dich auf dem Boden des Bootes aus, verschränkst die Arme unter dem Kopf und schaust in den Himmel. Dort erscheint die Sonne, dann der Mond und die Sterne. So vergeht die Zeit.

Gewiß, man sucht die Tröstung nicht. Man geht Bachläufe hinauf zwischen Weinbergen und verliert sich in den Wald. Die Bäume stecken ihre Äste in den Himmel, ihre Wurzeln in die Erde, man selbst steckt sich den Dorn immer wieder ins Herz. Oder man ist traurig mit den Weiden am Bach. Ihre Stämme sind rot, ihre Ruten sind gelb und ohne ein Blatt. Die Eidechsen haben die kalten Mauern verlassen, es ist Herbst. Sie schlafen, vergraben im Laub. Der Müdigkeit hat man genug, nicht aber des Schlafs. So geht man um wie der Jude. Gegen Abend fällt gefrierender Regen. Man erinnert sich der Schirme verspäteter Spaziergänger, die schnell um Ecken verschwunden sind. Langsam laufen alle Farben aus gegen Schwarz.

Geh heim, denkt man, und geht doch nicht heim. Man schlägt keine bestimmte Richtung ein. Immer wieder geht man unbekannte Straßen hinab. Es hat geschneit. Eine Kirche hat ihre Besucher entlassen, ein Wirtshaus Betrunkene. Der Schnee hat sich auf die Brauen gelegt und auf die Dächer. Die Pappeln in der Allee sind ganz still gewesen. Auf der Brücke ist man niemandem begegnet. Möwen waren über dem Fluß. Kleine Schneeflocken, große Schneeflocken. Alle sind im dunklen Wasser des Flusses ertrunken. Ein Mann ist vor dem Bahnhofsgebäude gestanden. Er wartet auf das Schlagen der Uhr, hat man gedacht. Tatsächlich hat wenig später die Uhr geschlagen. Der Schnee ist in Wolken vom Himmel gefallen und alle Farben sind ausgelaufen gegen Weiß.
Durch den Gang über die Treppe zur Tür. Der Briefkasten war leer. Der Ofen hat noch gebrannt. Auf dem Tisch Briefpapier, tausend Bogen weißen, unbeschriebenen Briefpapiers. Was sollte man auch sagen? Daß der Gesang nicht mehr ist und das Lachen und der Schlaf? Auf dem Mantel löst sich der Schnee in Wasser auf. Nur der Schmerz löst sich nicht auf. Der Schmerz bleibt.
Man scheucht die Erinnerungen fort. Man kehrt zusammen. Man wischt den Staub auf. Man wäscht sich die Hände und das Gesicht. Man versteckt die Spiegel. Man geht weit fort, so weit fort, wie noch kein Mensch von etwas fortgegangen ist. Die Stufen der Tage sind aus weißem, die Stufen der Nacht sind aus schwarzem Stein. Immer ist man unterwegs. Doch die Straßen sind zu kurz, die Länder zu klein, die Berge zu nieder, das Meer

zu seicht. Man schließt sich ein, stützt den Kopf in die Hände und wartet. Das Leben ist lang und das Warten auch.

GEHEN

Über das Gehen kann man geteilter Meinung sein. Während die einen behaupten, immer von verschiedenen Orten fort zu gehen, meinen die anderen, immer zu verschiedenen Orten unterwegs zu sein. Diese beiden Standpunkte zum Wesen des Gehens setzen eine Bindung voraus, das eine Mal an das Vergangene, das andere Mal an das Künftige. Es gibt aber noch eine dritte Art des Gehens, das ist: Einfach unterwegs sein, von Nirgendwo nach Nirgendwo, gehen um des Gehens willen. Auch dieser Art des Gehens liegt eine Absicht zugrunde. Man kann sie in dem Satz zusammenfassen, daß Fortbewegung, wenn auch zweck- und sinnlose, dem Stillstand vorzuziehen sei.

(Wir sind aus dem Haus getreten. Auf der Wiese vor dem Haus lag noch ein wenig Schnee. Das Wasser des Brunnens war kalt. Wir haben nach kurzem Zögern den Weg zum Waldrand hinauf eingeschlagen. Wir sind an der abgebrannten Scheune, an einem Alteisenlagerplatz, an der Kadaververwertung vorbeigekommen. Der Wald hat nicht geduftet, es war noch zu kalt. Eine gute Stunde sind wir mit großen Schritten nebeneinander hergegangen. Der Weg war breit genug. Ohne es zu wollen, haben wir eine kreisförmige Route rund um die Stadt verfolgt. Einmal sind wir stehengeblieben und haben auf die spitzwinkeligen Ziegeldächer der Altstadt, auf die betongrauen Flachdächer der Neustadt, auf die gelben und schwarzen Rauchwolken, die aus den Schloten der Industriebetriebe aufgestiegen sind, hinuntergeschaut. „Ich muß einen Anruf machen", habe ich gesagt. „Gehen wir zum Postamt", hat der andere geantwortet. Da hatten wir für eine Weile ein Ziel.)

Das Sichfortbewegen auf der kürzesten Verbindungslinie zweier Punkte in gemäßigtem Tempo nennt man Gehen. Werden auf dem Weg von A nach B willentlich Umwege eingeschlagen, dann spricht man von Spazieren. Schlägt man Umwege ohne Absicht ein, dann hat man sich verirrt. Das Gehen setzt also einerseits die Entschlossenheit voraus, den direkten Weg von A nach B zu nehmen, andererseits die Kenntnis dieses Weges. Gehen ist eine Beschäftigung in endloser Gegenwart. Solange man geht, geht man und immer geht man jetzt.

(Wir sind den Abhang des Hügels hinabgestiegen. Die Bäume hatten schon winzige Blätter angesetzt. Aus dem Wald schlug uns der kalte Atem des Schattens entgegen. Wir hatten ihn bald durchquert. Da und dort hat ein Schneerest in der Dämmerung aufgeleuchtet. Wenn wir kräftig ausatmeten, konnten wir unseren Atem sehen. Auf der gepflasterten Straße schritten wir noch weiter aus. In den Laubengängen der alten Häuser mußten wir einige Male anderen Passanten ausweichen. Ein Gendarm bedeutete uns mit einer Handbewegung, daß wir die Kreuzung übersetzen sollten. Wir hätten es ohnehin getan. Manchmal blickte mich mein Begleiter von der Seite her an. Manchmal blickte ich meinen Begleiter von der Seite her an. Er hatte seinen Kopf vorgestreckt. Am Kinn standen ein paar Bartstoppeln. Das Haar, langes Haar, lief in gerader Linie von der Stirn über das Ohrläppchen zum Nacken. An die Farbe kann ich mich nicht mehr genau erinnern.)

Wenn man im Gehen innehält, merkt man plötzlich, daß man aus der Vergangenheit gekommen ist und daß man in die Zukunft hineingehen wird. In solchen Augenblicken kann der Wunsch, stehen-zu-bleiben, niemals-mehr-weiterzugehen, übermächtig werden. Zwischen den Punkten A, B, C, D usf. besteht kein Unterschied. Wozu also sich von einem zum anderen bewegen? Wenn man steht, steht man immer im Fluß des Heraklit. Wenn man geht, wird man selbst zum Fluß, man wird ein Tropfen im Fluß, ein Stück Holz im Fluß. Wahrscheinlich beginnt man aus Angst stets wieder zu gehen, aus Angst, fortgeschwemmt zu werden und unterzugehen. Im Stehen braust die Zeit um den Körper wie hochgehende Wasser um Brückenpfeiler. Im Gehen wird die Dauer erträglich.

(Im Postamt habe ich keine Verbindung bekommen. Eine Weile habe ich aus Unschlüssigkeit das Besetztzeichen angehört. Mein Begleiter ist mit halb geschlossenen Augen neben mir in der Zelle gelehnt. Dieses Nebeneinander-in-der-Zelle-Lehnen ist immer unerträglicher geworden, und schließlich haben wir beinahe fluchtartig die Zelle und das Postamt verlassen. Nun standen wir auf dem hellen, peinlich sauberen Hauptplatz und waren wieder ohne Ziel. Die Deutlichkeit der Dinge rund um uns haben wir schmerzlich empfunden. Neben dem Eingang zum Postamt ist ein gelber Postkasten gehangen. Am gegenüberliegenden Haus ist eine Tafel mit der Aufschrift HALTEN VERBOTEN befestigt gewesen. In eine der vom Platz abzweigenden Straßen hat ein Pfeil hineingewiesen, ein rot umrandeter, weißer Pfeil, auf dem EINBAHN gestanden ist. Später ist ein Rauchfangkehrer an uns vorbeigeradelt, und wir haben automatisch die Knöpfe an unseren Mänteln ergriffen, weil das Glück bringen soll. Ein Mädchen ist aus dem Postamt gekommen und hat den Platz in gerader Linie überquert. Ihm sind wir gefolgt.)

Freilich liegt dem Gehen ein Selbstbetrug zugrunde. Die Strecken, die man durchmessen kann, scheinen bloß unendlich lang zu sein. Tatsächlich besteht von vornherein ein unerbittlich fixiertes Ende. Darüber täuschen wir uns im Gehen hinweg. Im Gehen glauben wir den Tod aufzuhalten. Notwendigerweise machen wir im Gehen andauernd Umwege, denn der Weg von A nach B ist kurz, wir könnten ihn in einem Augenblick zurücklegen. An den Punkt Z wollen wir nicht denken. Daher halten wir uns, solange es nur irgendwie angeht, am Anfang des Alphabets auf. Hunderte Male gehen wir von A nach B, ehe wir uns dazu entschließen, einmal von B nach C zu gehen. Sind wir zuletzt doch nach C gegangen, wollen wir diesen Zustand zu einem dauernden machen, indem wir ohne Unterlaß von C nach B, von C nach A, von A nach B und von dort wieder nach C gehen. Plötzlich aber finden wir uns in D.

(Das Mädchen ist über den Platz gegangen und wir sind ihm gefolgt. Da sie nur kurze Schritte gemacht hat, haben auch wir nur kurze Schritte gemacht, was uns, die wir an schnelles Gehen gewöhnt sind, gar nicht leichtgefallen ist. Das Mädchen hat ein Viktualiengeschäft betreten und wir haben heraußen gewartet. Sie hat ein Kolonialwarengeschäft betreten und wir haben heraußen gewartet. In der Auslage ist eine große Dose mit Bensdorp Cacao gestanden. Daneben sind drei Pakete mit Siam Reis gelegen. Die Zeit ist vergangen. Das Mädchen ist wieder aus dem Geschäft herausgekommen, dann vom Hauptplatz in eine Gasse abgebogen und dort in einem Haus verschwunden. Eine Weile sind wir vor dem Tor gestanden, aber das Mädchen ist nicht mehr aufgetaucht. Wir haben die Gasse hinauf- und hinuntergeschaut. Irgendwo hat ein Hund gebellt. Fenster sind aufgestoßen worden und warmer, feuchter Küchendunst ist herausgeströmt. Wahrscheinlich haben uns diese Speisengerüche Hunger gemacht. Wir sind umgekehrt, wir haben gewußt, daß wir jetzt nach Hause gehen würden, um zu essen. Aus Unachtsamkeit wären wir beim Überqueren des Hauptplatzes beinahe unter ein Auto gekommen, und das wäre vielleicht das beste für uns gewesen.)

Im Gehen ist man niemals auf das Halt, weder auf das temporäre noch auf das endgültige, gefaßt. Man will doch noch nach D, nach E und nach F. Es kann aber vorkommen, daß das Z

schon auf das A folgt oder auf das B oder auf das C. Das wollen wir nicht wahrhaben. Von Panik ergriffen, beginnen wir manchmal zu laufen. Wir laufen aber, ohne es zu wissen, immer in die falsche Richtung. Es gibt nämlich keine richtige Richtung, denn alle Wege führen nach Z.
(Sollten wir wieder zum Waldrand hinaufsteigen oder sollten wir gleich an der Hauptstraße entlang nach Hause zurückgehen? Im Grunde genommen war es ja einerlei. Es war bloß eine Frage der Kraft. Wir folgten der Hauptstraße, weil wir müde waren. Die Müdigkeit mochte auch von der allmählich aufsteigenden Mittagshitze herrühren. Der Straßenlärm war betäubend, aber er quälte uns nicht mehr, als uns beim Hinweg die Stille des Waldes gequält hatte. Wir rückten so eng aneinander, daß sich unsere Ellbogen berührten. Unsere Beine bewegten wir im gleichen Takt. Meine Füße und daher auch meine Schuhe waren ein wenig größer als die meines Begleiters. Eigentlich hatten wir keinen Hunger, aber wir sagten uns, daß wir Hunger hätten, und so spürten wir den Hunger. Die Hauptstraße ist lang, gerade und staubig. Viele Leute waren dort unterwegs. Wir haben unsere Schritte weder beschleunigt noch verlangsamt. So sind wir schließlich wieder zu Hause angekommen.)
Gehen, nicht aufhören zu gehen, nicht aufhören wollen zu gehen und dann, früher oder später, doch einhalten, einhalten müssen, weil es nicht mehr weitergeht, weil man müde ist, weil man zu seiner Überraschung mit einem Mal in Z angelangt ist.

TRÄUMEN

Zuerst waren Häuser, Straßen, Gärten und Gassen, und darin befand sich ein Mensch, der im Bett lag oder am Tisch saß oder im Zimmer auf und ab ging. Dieser Mensch lebte in einer großen Stadt. Dieser Mensch hieß Saalema oder Saarinen oder Saanaan, genau weiß man das heute nicht mehr, und man weiß auch nicht mehr, von wo er herstammte und wo er lebte, in welchem Land, denn alles, was man über diesen Menschen heute weiß, weiß man aus Büchern, und über die Herkunft und den Aufenthalt dieses Menschen berichten diese Bücher nichts. Wegen seines Namens, der ja auch nicht eindeutig feststeht, hat man bald auf eine finnische, bald auf eine litauische, bald auf eine arabische, jemenitische Abstammung geschlossen. Anfangs haben auch wir uns bemüht, Licht in das Dunkel seiner Lebensumstände zu bringen. Im Laufe der Zeit aber ist uns dieses Problem immer gleichgültiger geworden, teils weil wir seine Unlösbarkeit erkannten und resignierten, teils weil unser Interesse von anderen Aspekten beansprucht wurde. In gewissem Sinn ist uns dieser Mensch über den Kopf gewachsen. Er hat sich, während wir uns über Bücher und Quellenmaterial beugten und studierten, hinter unserem Rücken zu riesenhafter Größe aufgebläht und hat uns schließlich auf seiner großen, schweren Hand wie Flöhe tanzen lassen.

Zuerst war eine Stadt und darin war ein viereckiger Platz und darauf stand genau in der Mitte ein kreisrundes Gebäude, das von einer Kuppel bekrönt wurde. Von oben, aus der Vogelschau, war das anzusehen wie ein großer, etwas unregelmäßiger Kreis, in dessen Mitte ein viel kleineres Quadrat eingeschrieben war, in dessen Mitte sich wieder ein vergleichsweise winziger Kreis befand. Der Name dieser Stadt ist in verschiedener Form auf uns gekommen: Saalema, Saarinen, Saanaan, und wir wissen heute nicht mehr, ob diese Stadt in Nordosteuropa, in Finnland oder Litauen etwa, oder in Arabien, im Jemen oder Oman zum Beispiel, gelegen war, denn alles, was wir über diese Stadt heute wissen, wissen wir aus Büchern, und über die Lage dieser Stadt berichten diese Bücher nichts. Früher haben wir uns um die Klärung dieser Frage bemüht, ja wir haben uns in dieses Problem geradezu verbissen. Heute haben wir unsere Anstrengungen eingestellt, teils aus allgemeiner Müdigkeit, teils aus dem Wissen um die Zwecklosigkeit diesbezüglicher Bemühungen. In gewissem Sinn ist uns diese Stadt über den Kopf gewachsen, wir haben uns im Gewirr ihrer Gassen und Straßen verloren und sind, von der Vielfalt der Gerüche, Stimmen und Gesänge verwirrt, irgendwo im Menschengedränge gestrauchelt.

Zuerst ist es im Zimmer ruhig gewesen. Ich bin aufgewacht. Die Wände sind weiße Spielplätze gewesen. Eine Weile bin ich dann im Morgenmantel in der Ruhe des Zimmer auf und ab gegangen. Das helle Morgenlicht ist durch die Fenster in das Zimmer gefallen, auf den Boden, auf die Wände, auf die Möbel, auf alle Gegenstände und auf mich. Mit großer Vorsicht habe ich einige einfache Tätigkeiten ausgeführt. Ich habe einen Apfel aus der Obstschale genommen und ihn auf den Tisch gelegt. Ich habe ein Bild geradegehängt. Ich habe ein paar Schritte auf das Fenster zu getan. Plötzlich habe ich zu denken begonnen, so sage ich jetzt, dabei bin ich aus dem Denken aufgewacht in das Denken hinein. Jedenfalls ist mir mit einem Mal das Wort SAALEMA in den Sinn gekommen, dann das Wort SAARINEN, dann das Wort SAANAAN, und zwar mit solcher Deutlichkeit und Eindringlichkeit, daß ich diese Worte gleichsam auf einem weißen Bogen Papier in großen Lettern vor mir abgedruckt gesehen habe. Die Worte sind heimatlos gewesen. Ich habe nicht gewußt, woher sie kommen und was sie zu bedeuten haben. Sie sind mir ein Geheimnis gewesen und haben mich beunruhigt. Anfänglich habe ich sie für die Namen eines Menschen gehalten und versucht, mir diesen vorzustellen.

Zuerst hat der Mann einen Körper gehabt mit Händen und Füßen und mit einem Kopf natürlich und einem Gesicht. Dann hat er hellblondes Haar gehabt und dann kastanienbraunes und dann lackschwarzes. Dann hat er Augen gehabt wie der Frühnebel am Fluß und dann große grasgrüne mit winzigen Pupillen und dann etwas vorstehende Jett-Augen. Dann hat er eine Sattelnase gehabt und dann eine Knollennase und dann eine Nase wie ein Geierschnabel. Erst habe ich geglaubt, daß der Mann so aussehen müsse, wie mir sein

Name geklungen hat, aber dann habe ich mir meinen eigenen Namen vorgesagt und mir vorzustellen versucht, wie ich demnach aussehen müßte, und es hat nicht gestimmt, die Vorstellung war falsch, und ich habe sie verworfen. Dann hat der Mann einen Mund gehabt wie ein kleines Herbstblatt, einen Mund wie einen blutenden Schnitt und einen Mund, der immerfort geredet hat. Ja, der Mann hat plötzlich zu reden begonnen in einer mir unverständlichen Sprache, er hat PEIPSE JÄRVI gesagt und VAASAN LÄONI und UUDENMAAN und AL URAYR und AN NAFI und YANBU, und vielleicht haben mich diese Worte, die er gesagt hat, später dazu bestimmt, ihn nicht länger für einen Menschen, sondern für eine Stadt zu halten oder für ein Land. Der Mann ist größer und größer geworden und er hat drei Hälse gehabt, einen kurzen, stämmigen, einen langen, dürren und einen weichen, braunhäutigen mit einer goldenen Kette darum. Dann hat er einen Leib gehabt, groß wie ein Faß, glatt und weiß, und dann einen alten, faltigen, dicht behaarten, der mich an eine Ziege erinnert hat, und dann einen dritten, aber der war von bunten Tüchern verhüllt. Und als ich seine Zehennägel betrachtete, da waren sie so groß wie ein Tanzboden und so lang wie ein ausgetrocknetes Flußbett und so weiß wie der Schnee im Gebirge. Da habe ich in meiner Angst SAALEMA gerufen und SAARINEN und SAANAAN, und hundert Stimmen haben mir geantwortet, laute, leise, schön klingende, knarrende, atemlose, schmatzende, krächzende, singende, weinerliche, und sie haben einander überschnitten und verstärkt bis zu unerträglichem Lärm. Ich habe im Zimmer umhergesehen, ich habe bemerkt, daß ich in meinem Zimmer war und daß es Morgen war, und ich habe gedacht, der Tisch, der Sessel, der Vorhang, und plötzlich war es ganz still und ich war allein.

Zuerst war es eine kleine Stadt, dann eine große, zuletzt eine Riesenstadt, und die Zahlen, die ich kenne, sind mir zu klein geworden, um alles in dieser Stadt damit zu zählen. Anfänglich habe ich die Anlage der Stadt noch durchschaut: Da war ein Fluß in der Mitte, Brücken haben ihn überspannt, und rechts und links sind die Häuser sanft abfallende Hügelflanken hinauf gestanden. Dann aber ist der Fluß breiter und breiter geworden, er hat sich verzweigt, und die Häuser der Stadt sind über viele kleine Inseln verstreut gewesen, und dann ist der Strom so mächtig geworden, daß ich das andere Ufer nicht mehr sehen konnte. Das ist das Meer, habe ich gedacht, und die Stadt war plötzlich am Meer und hat sich ohne erkennbare Begrenzung in ein trockenes, graues Hinterland hinein ausgedehnt. Um mich nicht zu verirren, habe ich mich an markanten Punkten, wie Plätzen, Brücken und Kirchtürmen, zu orientieren versucht, aber diese Punkte haben sich selbst auszuweiten begonnen, und ich habe mich an ihnen nicht mehr sicher fühlen, nicht mehr festhalten können, ich war verloren und habe mich in meiner Not an immer kleinere Dinge zu klammern begonnen, etwa an einen Pflasterstein oder an ein Stück einer verrosteten Regenrinne. Aber auch dort sind Städte und Länder vor meinen Augen entstanden,

und ich habe gerufen durch die Wüsten und über die Meere, aber es hat niemand geantwortet, die Stille war vollkommen, und ich wollte SAALEMA rufen und habe SAAAA gerufen, und ich wollte SAARINEN rufen und habe SAAAAAA gerufen, und wollte SAANAAN rufen und habe gerufen: SAAAAAAAAAAA.
Zuerst war die Stille und das Sonnenlicht über den unter mir dahinjagenden Landstrichen, dann plötzlich Stille und dichteste Dunkelheit, und ich habe, um das alles noch ertragen zu können, einen Bogen weißen Papiers aus der Tischlade hervorgeholt, habe mit schwarzem Bleistift einen Kreis gezogen und wieder gezogen und den Kreis dann in wilder Besessenheit mit dicken schwarzen Strichen auszufüllen, vollzustampfen begonnen, das war die Nacht, das war für diesen Tag der alles auslöschende Tod.

NACHDENKEN

Nachts in die Stille des Hauses hinein aufwachen. Wie spät mag es sein, denkt man erst, dann denkt man, es ist gleichgültig. Wenn die Bewußtlosigkeit des Schlafes vorbei ist, wenn man aus der Finsternis auftaucht mit weißem Gesicht, tritt augenblicklich schmerzhafte Klarheit ein, und die Dinge erscheinen, groß und weiß, wie Segelschiffe auf dem Meer.
Die Kanne ist aus Porzellan. Knapp unter dem Schnabel, an den ich beim Trinken meine Lippen ansetze, hat sie einen dicken blauen und einen dünnen goldenen Streifen. Der Kaffee ist schwarz. Die Kanne ist am Griff ein wenig angeschlagen. Den Kaffee koche ich in der Küche und trage ihn dann in das Zimmer hinein. Der Kaffee dampft. Ich will eine neue Sprache erfinden. Vor mir auf dem Tisch liegt ein Messer, das ich einmal in der Au am Fluß unten gefunden habe. Seine Klinge ist rostig. Vor mir auf dem Tisch liegt ein Stück Papier, das ich vollschreiben will. Es ist weiß wie die Sprachlosigkeit. Vor mir auf dem Tisch liegt ein Amethyst, den mir einmal jemand geschenkt hat. Wer weiß, aus welchem Gebirge, aus welchem Muttergestein, woher er stammt.
Da bin ich in meinem Zimmer, da bin ich, mitten in der Nacht. Ich fange bei den Haarspitzen an und höre bei den Zehennägeln auf. Ich versuche,

mich mir selbst vorzustellen. Da nur ich selbst mich kenne, wird man nicht entscheiden können, ob mein Versuch gelungen oder mißlungen sein wird, zuletzt wird man nicht mehr und nicht weniger wissen, als man jetzt weiß, denn außer mir kennt mich niemand, und ich selbst kenne mich nicht. Eine solche Ausgangsposition ist beruhigend und beunruhigend zugleich. Mein Versuch ist ein Rennen, das ich nicht verlieren, das ich aber auch nicht gewinnen kann. Ich bin der einzige Wettkämpfer. Die vom Regen unterwaschene, von Unkrautstauden bewachsene Aschenbahn liegt schnurgerade vor mir. Die gelben, ausgebleichten Fahnen, die von den die Rennbahn markierenden Fahnenstangen müde niederhängen, werden in der Ferne immer kleiner und kleiner und verschwinden schließlich ganz in trüben Wolken von Grün und Grau. Der Himmel ist verhangen, die Luft ist scharf. Menschen sind weit und breit keine zu sehen. Daran bin ich gewöhnt. Ein Vogel fliegt über die Bahn. Er verschwindet hinter den morschen Holztribünen. Es beginnt zu regnen, der Start wird deshalb nicht verschoben, Staubfahnen jagen die Bahn hinab, der Wettkämpfer nimmt das Rennen auf.

Mein Haar war immer schon blond, rotblond, im Sommer ist es bleich und strohig geworden unter der Sonne, es hat sich den gilbenden Feldern angepaßt und den hellen Mähnen der Pferde. Über die Ohren ist es müde herabgefallen, über den Nacken, und an den Nachmittagen ist der Schlaf mit dem Efeu über die Mauern des Sommers gesunken, die Pferde haben geweidet.

Ich habe es immer schon geliebt, die Haare aus dem Gesicht zu streichen, weil es dann nackt und ohne Ablenkung ist, ein großes Gesicht ohne Zäune, auf dem man tanzen, auf dem man herumtrampeln kann. Mein Gesicht ist eine Zielscheibe, und eigentlich sollte es stets aus dem Mittelpunkt einer dunkelgrünen Spirale auftauchen wie verirrte Kinder aus dem Wald. Das Auffälligste an diesem Gesicht sind bestimmt die Lippen, insbesondere die breite, ein wenig vorstehende Unterlippe. Oft träume ich davon, durch das Meer zu schwimmen und alle Wasser in mich einzusaugen wie ein Walfisch. Oder ich träume davon, auf einem weiten, leeren Feld den Wind in meine Arme zu nehmen. Meistens aber träume ich davon, als Stein am Rande einer längst vergessenen, von kleinen Schneewächten bedeckten Paßstraße zu liegen. In Tibet stellen sie Fahnen auf, in die die vier heiligen Silben eingewebt sind. Eine solche Fahne unter dem eiskalten Himmel auf den öden Hochflächen möchte ich sein.

Die Nase ist mitten im Gesicht. Sie besteht aus einem abgerundeten Kamm, der sich in zwei weiche Flügel teilt, unter denen zwei von Haaren bewehrte Schächte in das Innere des Kopfes führen. Ohne ein Gewand läuft man durch die Welt, mit ausgebreiteten Armen, mit nackten, auf die Durchbohrung wartenden Händen. Wenn ich eine Hundemeute durch die Straßen eines Dorfes jagen sehe, möchte ich ein Hund sein. Manchmal aber möchte ich mich als Flaschenpost am duftenden Strand einer Insel wiederfinden. Das ist ein alter Traum, und man träumt ihn am besten, wenn man zwischen den Schenkeln einer Frau liegt und ihren Schaum trinkt.

Von meinen Zähnen hat man immer gesagt, daß sie sehr schön und gesund seien, vielleicht waren sie es auch. Nun beginnen sie schlecht zu werden. Die Lippen rufen KOMM HEREIN!, die Zähne sagen BLEIB DRAUSSEN! Die Zähne sind wie Menhire im Gesicht aufgestellt. Manchmal denke ich auch an die Gipfel des Tien-schan-Gebirges oder an die Kolosse von Theben. Im Tiergarten drücke ich mich an die Gitterstäbe und schaue den Raubtieren zu, die die roten Zungen weit aus den dampfenden Mäulern hängen lassen. Doppelt sind sie eingesperrt, die Panther und Leoparden, hinter den Eisenstäben und hinter den Zähnen.

Ich trage eine Raubkatze unter dem Herzen. In der Dunkelheit einer Straße hat mich einmal ein Betrunkener angefallen. Ich habe ihn zu Boden geworfen, wir haben miteinander gekämpft, wir haben geblutet. Täglich sollte es solche Kämpfe geben. Täglich erlasse ich den Befehl, daß alle Zäune im Land niederzureißen seien, aber es ist niemand da, der diesen Befehl ausführen will. Also mache ich mich mit einer Hacke, mit einem Seil und mit einem Fäustel selber ans Werk. Niemand wird mich aufhalten können.

Meine Augen sind in einer Nacht angezündet worden von zwei Liebenden, und deren Augen sind auch in einer Nacht angezündet worden von zwei Liebenden. Alle Augen sind von Liebenden angezündet worden in der Finsternis. Das Öl ist rar, die Flamme klein vor den schwarzen Felsen. Es wird ein Wind kommen. Die Welt

ist leer, die Bäume am Erdrand werden sich biegen. Wenn man auf das Ende der Nacht wartet, dauert sie länger als man glaubt.
Will man die Augen richtig begreifen, so darf man sie nicht beide auf einmal betrachten, das macht dann immer schon ein Gesicht, einen Menschen. Die Augen sind Löcher, durch die wir in die Welt hinausschauen, so wie die Ohren Löcher sind, durch die wir in die Welt hinauslauschen. Ständig sucht man beim Anblick der Augen nach einer Aussage, nach einer dort hinterlegten Botschaft, weil man Angst hat, die Vergangenheit zu verlieren und damit das Leben. Dabei läuft das Leben draußen durch die dunklen Weiten und heult und keucht und atmet, ehe es endgültig verlorengeht.
Die Stirne ist die Schwelle des Gesichts. Die Stirne ist breit. Die Stirne ist hoch. Die Stirne ist ein Rechteck. Nachts erscheint die Stirne als heller, menschenleerer Platz im Spiegel. Doch man braucht keinen Spiegel, um über helle, menschenleere Plätze Bescheid zu wissen. Hunde schlafen zusammengerollt im Schlagschatten der verschlossenen Häuser. Der Mond scheint genau über der Mitte des Platzes zu stehen, aber das ist bloß eine Täuschung. Alte Hand, sagt man zu seiner Hand, alte Schläfe, sagt man zu seiner Schläfe, wenn man, weil man die Stille nicht länger zu ertragen glaubt, die Hände an die Schläfen preßt. Ringsum rücken langsam die Häuser zusammen. Staub bedeckt die Stirne und die Hände. Plötzlich beginnt man zu schreien.
Unter Tags geht man gerade durch die Welt. Die

Stirne schneidet durch die Luft wie der Bug eines Schiffes. Blicke und Worte zerschellen daran. Die Menschen laufen auseinander. Scharf und blaß geht der Schnitt durch den Tag. Die Stirne ist ein scharfes Messer. Man kann es brauchen.
Ich lege meine Hände auf die Wangen. Die Wangen sind heiß, weich und rund. Die Wangen sind verletzbar. Und die Nacht will nicht aufhören. Die Nacht dauert beinahe zwölf Stunden. Die Kanne ist aus weißem Porzellan. So habe ich vor Stunden meine Überlegungen begonnen. Dann die Hände, der Hals, die Brust. Der Hals wird als Zylinder dargestellt, die Brust als Würfel. Am Boden unter mir sehe ich meine nackten, schmutzigen Füße. Auf dem Rist ist eine Ader sichtbar. Von dort geht das Blut zum Herz zurück. Ich kehre in den Schlaf zurück, in die Bewußtlosigkeit. Ich durchwate Bäche und Flüsse. Ich lege mich auf den Boden. In der Ferne höre ich jemand rufen, aber ich achte nicht mehr darauf. Einzelne Worte höre ich ganz deutlich, aber ich verstehe sie nicht. Ich weiß, daß auf das Ausatmen das Einatmen folgt und auf das Einatmen das Ausatmen. Ich weiß, daß das Einfachste tatsächlich das Schwerste ist, das Schweigen.

SCHAUEN

Von den Brücken lassen späte Passanten Papierflieger segeln. Zwischen den Türmen geht das Glockenschlagen hin und her. Der Fluß schneidet die Stadt in zwei Teile, Brücken fügen sie wieder aneinander. Manchmal sind die Tauben bloß einen Steinwurf weit entfernt. Die Tauben sind weiß.

Eine Hand kann wegfliegen, wie ein Vogel wegfliegt. Eben ist er noch am Fensterbrett zwischen den Blumentöpfen herumgehüpft, nun verschwindet er zwischen den winterlichen Rauchsäulen der Stadt. Deshalb sollte man den Vogel nicht aus den Augen, die Hand nicht aus der Hand lassen.

Wenn schon früh am Morgen die Sonne scheint, sieht man die schwarzen Bettler durch die Straßen streichen. Die Mülltonnen sind zylinderförmig. In den offenen Fenstern liegen die warmen Polster der Nacht. Wenn die Sonne erst spät am Abend untergeht, war es ein schöner Tag. Briefe sind angekommen, Lippen und Blumen. Ich habe, auf einem großen Platz stehend, der Sonne meine Handflächen gezeigt.

Die Flagge der Stadt besteht aus einem weißen und einem blauen Dreieck. Sie ist quadratisch. Das größte Haus der Stadt ist würfelförmig und mit gelber Farbe getüncht. Darin haben sie hellgrüne, halbreife Äpfel aufgestapelt. Die Pyramide, die von den aufgestapelten Äpfeln gebildet wird, reicht in der Dämmerung des Hauses mit ihrer Spitze gerade bis an die Decke. Jenes Haus wird von den Bewohnern der Stadt einfach Oepfelchammer genannt, und jeder weiß, was er sich darunter vorzustellen hat. Ringsum wird die Stadt nicht von Steinmauern, sondern nur von Holzzäunen eingefaßt. Die im Westen gelegenen Zäune nennt man dort die oberen, die im Osten gelegenen die unteren Zäune. Der Fluß, der die Stadt durchfließt, hat viele Namen. In einer alten Sage heißt er, was seltsam genug klingt, Annalivia.

Die Sonne ist auf dem flachen Land zu Hause. In der Stadt verirrt sie sich wie ein Bauer. Die Häuser weisen mit ihren Schatten den Weg, die Torwege rufen der Sonne zu: HIERHER! und HIERHER!, die Kinder halten ihr die Wangen hin, aber die Sonne ist müde, die Sonne hört nichts mehr, die Sonne versteht die Sprache der Mauern nicht und auch nicht die Sprache der Torwege. Einmal wird der Tag kommen, wo sie aus Furcht nicht mehr in die Stadt gehen wird. Schwerelos wird sie über die Wiesen hinrollen und in den Seen und Flüssen eintauchen. Dann werden die Menschen jammern und ihre Köpfe gegen die schwarzen Mauern schlagen.

Mitten im Häusergewirr der Stadt steht ein stämmiger, viereckiger, etwas zu kurz geratener Turm. Dort hat früher ein kleiner Falke gewohnt. Von der Spitze des Turms aus hat er seine ersten Flugversuche unternommen. Aber die Leute in den Straßen haben seine Kunststücke nicht beachtet. Vielleicht waren sie mit zu geringer Meisterschaft

ausgeführt. Wie könnte ein junger Falke auch ein Meister der Flugkunst sein?
Der junge Falke ist verhungert. Erst ist sein Auge trüb, später sind seine Federn durchsichtig geworden, zuletzt ist er wie ein Herbstblatt vom Wind durch die Straßen getrieben worden. Irgend jemand hat ihn gefunden und aufgehoben. Heute liegt er als Lesezeichen in einem Buch. Da er nicht allzu groß gewesen ist, hat man ihn in ein kleines Buch gelegt, in eine abgegriffene, vergilbte Bibel. Dort schläft er die Tage und Nächte durch. – Diese Geschichte, die gewiß jeder Grundlage entbehrt, hat mir ein alter, nach Schnaps stinkender Mann in einem Wirtshaus erzählt. So unglaubwürdig die Geschichte und ihr Erzähler auch vom ersten Augenblick auf mich wirkten, ich mußte doch bis zum Ende zuhören. Als ich mich schließlich von meinem Platz erhob, um fortzugehen, sagte der Alte mit müder Stimme: „Gehen Sie nur! Gehen Sie nur! Warum sollten gerade Sie hierbleiben, wenn doch alle fortgehen und keiner meine Geschichte glauben will?!"
In dieser Stadt kann man viele Geschichten hören. In dieser Stadt trifft man die wunderlichsten Käuze. Bei einem Spaziergang bin ich einmal auf drei Männer gestoßen, die mitten auf der Straße aus Ziegelsteinen niedrige Mäuerchen aufgerichtet haben. Als ich sie nach dem Sinn ihres Tuns fragte, haben sie nach langem Schweigen geantwortet: „Wir bauen die neue Stadt! In ein paar Jahren wird die alte Stadt unter unserer neuen verschwunden sein!" – Auch das ist bloß eine Geschichte, aber eigentlich sollte man nicht sagen

„bloß eine Geschichte", denn wer weiß denn schon, welche Geschichte wahr ist und welche nicht.
Auf den Fahrplänen der Eisenbahnen findet man den Namen dieser Stadt. Man kann sie auch mit dem Flugzeug erreichen. Die Straßen führen aus allen Richtungen auf sie zu. Die Straßen führen in alle Richtungen aus ihr fort. Die Flugzeuge tauchen in die Wolken ein, von den Zügen bleibt der Geruch nach Rauch und Rost zurück. Ein Glück, daß die Türme der Stadt den Himmel stützen. Ein Glück, daß die Pflastersteine der Stadt die Erde befestigen. Ein Glück, daß es diese Stadt gibt und daß man nicht sagen kann: Diese Stadt existiert nicht. Man kann kommen und gehen. Vielleicht muß man kommen, gewiß muß man gehen. Gewiß muß man kommen, vielleicht muß man gehen. Plötzlich tritt sie ein, die Gewißheit. Ein Nagel steckt in der Mauer, ein Stück Brot liegt auf dem Tisch, die Flasche ist leer.
Die Morgenfrüh ist anderntags auf dem Baum gesessen, der Schatten ist eingemummt an den Hauswänden entlang gegangen, die Vögel sind auf dem Baum gesessen, die Wolken sind reglos über der Stadt gehangen wie Regenschirme. Diejenigen, die in einer Papiertüte geschlafen hatten, krochen daraus hervor. Die anderen stiegen aus ihren Betten. Ein Stein löste sich aus der Kaimauer und fiel in den Fluß.
Auf den Türmen sind Zifferblätter aufgehängt, an den Türklinken Körbchen für die frischen Semmeln. Die Uhrzeiger zeigen auf römische und arabische Sechser. Die Gassen führen den Stadtberg hinan oder zum Fluß hinunter, je nachdem,

aus welcher Richtung man kommt. Viele Telephone läuten, aber kaum eines wird abgehoben. Was wichtig ist, wird wiederkommen. Um diese Stunde werden unbedruckte Papierbogen an den Plakatwänden aufgeklebt. Die Gesichter sind groß und duften.

Die Stiegen winden sich in den Tag hinab. Wasserhähne, die nachts getropft haben, tropfen jetzt nicht mehr. Träume, die nachts geträumt worden sind, gute und schlechte, sind vergessen. Die Menschen begegnen einander in den Hausfluren. Zwei Punkte auf einem Bogen weißen Papiers durch einen einzigen geraden Strich miteinander zu verbinden, erscheint nicht allzu schwer. Die Lösung dieser Aufgabe traut sich jedermann zu. Eine andere leichte Aufgabe ist es, eine elfenbeinerne Kugel eine schiefe Ebene hinabrollen zu lassen. Rasch gewinnt sie an Geschwindigkeit, erreicht die Basiskante des Abhanges, rollt in die plane Ebene hinein, rollt unbekümmert in die Weite hinaus, rollt und rollt.

Solche Aufgaben werden aber nicht gestellt. Tatsächlich folgt Haus auf Haus und Haus auf Haus, und aus allen Häusern treten Menschen, die sich auf andere Häuser zubewegen und eintreten, aus denen Menschen treten, die auf andere Häuser zustreben und in sie eintreten, aus denen Menschen treten, die auf andere Häuser zustreben und in sie eintreten, aus denen wieder andere Menschen treten, die auf wieder andere Häuser zustreben und in wieder andere Häuser eintreten, weil sie es sich auf dem Weg anders überlegt haben, tatsächlich befindet sich die ganze Welt ständig in

Bewegung, in einer Unzahl von Bewegungen, deren Ordnung und Ziel man nicht kennt. Wildenten fliegen am Fluß auf, kreisen eine Weile über den Schornsteinen der Stadt, um zuletzt wieder am Wasser des Flusses zu landen. Die Brotstücke, die jemand vor einiger Zeit hineingeworfen hat, haben sich mittlerweile vollgesogen. Sie sind auch ein gutes Stück von jener Stelle des Kais abgetrieben worden, an der sie hineingeworfen worden sind. Man kneift die Augen zusammen, vergräbt die Hände tief in den Hosentaschen, man preßt die Lippen zusammen. Auf Lastkähnen stehen rauchende Arbeiter, aus Schlafzimmerfenstern beugen sich Hausfrauen mit aufgesteckten Frisuren, die Straßenlampen sind längst schon ausgeschaltet worden.

Wird man im morgendlichen Straßengedränge von einem Fremden nach dem rechten Weg gefragt, gibt man unbekümmert Auskunft. Freilich kann man in den meisten Fällen nicht einfach sagen: „Dahin!" oder „Dorthin!", sondern man muß sagen: „Dahin, erst dahin, dann dorthin und dann wieder dahin und zuletzt wieder dorthin, Sie verstehen?" Der Fremde versteht natürlich nichts, wie man auf seinem ratlosen Gesicht nur allzu deutlich ablesen kann. Hilflosigkeit erzeugt Hartnäckigkeit. Man bricht in einer Parkanlage ein Ästchen ab, macht Skizzen in den Kies des Weges, wischt sie mit dem Fuß wieder aus, macht neue, deutlichere Skizzen, wirft den Ast schließlich fort und entläßt den Fremden im Gefühl, daß er sein Ziel niemals erreichen wird. Das Lächeln, mit dem man ihm nachblickt, ist nicht frei von

Ironie. Man hätte ihn ja begleiten können. Ob man allerdings selber ans Ziel gefunden hätte?
Der Staub, den die Straßenbahnen und die Automobile aufwirbeln, legt sich auf die Gesichter und auf die Kleider der Passanten. Leitern und Baugerüste ragen in den Tag hinein. Maurer turnen darauf herum. Das Wasser im Fluß wird niemals weniger. Jene Menge, die weggeflossen ist, wird, ohne daß man es merkt, augenblicklich von einer nachströmenden ersetzt. Die Passanten treten in Häuser, treten in Wohnungen, treten in Badezimmer ein und waschen sich den Staub von den Gesichtern. So kehrt der Staub wieder in die Welt zurück.
Man ist auf einem Platz gestanden, aber da waren keine Menschen. Man ist in ein Wirtshaus gegangen, aber da waren keine Tische. Man hat eine Zeitung gekauft, aber da waren nur weiße Blätter. Man ist an den Fluß, man ist zur Schiffsanlegestelle gegangen, aber da waren keine Schiffe. Um das eiserne Gitter des Landungssteges hat man schließlich seine Finger geklammert. Die Kais waren verlassen. Es hat Windstille geherrscht. Man hat gespürt, wie die Fingernägel wachsen, wie die Zehennägel wachsen, wie der Bart wächst, wie das Haar wächst, wie man schließlich die ganze Welt ausfüllt und damit endgültig und für immer allein ist.
Die Haustüren bewegen sich ein wenig in den Angeln. Die Zeitungen werden vom Durchzug aufgeblättert. An offenen Fenstern bauschen sich Vorhänge. In stillen Winkeln, wohin das Sonnenlicht fällt, flimmert der Staub. Eine Katze schleicht

durch den Flur. Die Glocken schlagen zwölf. Wolken stehen reglos am Himmel. Das Blut pocht durch die Welt. Man hat seinen Platz zum Stehen, genau zwei Fuß breit, man hat seinen Raum, um die Arme bewegen zu können, genau eine Armlänge lang, man hat genug von der Welt, um an ihr zugrunde zu gehen, jeden Tag und jeden Augenblick.

AUFBRECHEN

Das Weiß des Morgens und das Ausfüllen des Weiß des Morgens mit dem Tag, also sich aufmachen und fortgehen. Die helle, sandige Erde unterm Schlaf, die Kreidefelsen der Ferne und ein Meer, kaum hörbar, bloß wie Tritte im Schnee, kaum sichtbar, bloß ein Strich Weiß über einem Strich Grau unter dem groß aufgestellten Himmel voller Kühle und ohne Wolken. In der Dünung der Dämmerung erwacht, fand ich mich am Strand, zwischen Gräsern und Treibholzstücken. Ich war ohne Lasten und mein Blick mag dem eines Kindes geglichen haben. Und das Meer war ohne Sprache, nur Schreie von Vögeln, die um die Felsen waren. Zu verstehen war nichts, und ich hätte auch nichts verstanden, wie ich war, ohne Werkzeug und ohne Gerät. So habe ich dem Wind meine Hände hingehalten, dem Licht meine Augen und der Luft die Löcher meiner Nase. Beinahe war ich ohne Schmerz. Ehe ich mich erhob, habe ich die Dornen aus meinen Fußsohlen gezogen. In der Tiefe des Landes erkannte ich Inseln von stacheligem Gestrüpp. Von dort mochte ich hergekommen sein. Die Frage, von wo man hergekommen ist, ist wichtiger als jene, wohin man gehen wird. Wohin wird man schon gehen? Ein paar Schritte die Dünen hinab, einen Weg ans Meer, um zu schauen. Man wird den Sand mit seinen Schritten beschreiben. Tan-

zend wird man klein sein vor dem Meer, vor dem schier grenzenlosen Himmel, ein Atemzug bloß gegen die Sphäre, ein Punkt gegen die Weite. Und doch, kein Meer ohne das bißchen Bewußtsein, kein Tag ohne das bißchen Leben. Meine Adern tönten wider vor Freude, als ich am Strand hinging und tanzte. Mit meinem Blick habe ich die Welt in der Waage gehalten. In die Helle des Himmels habe ich mich eingeschrieben und in die Flächen des Sandes. Da hatten die Dinge Namen und Gesichter, die Unordnung war entwirrt. Alle Farben waren in den Flicken meines Gewandes. Ein wenig Grün trugen die Türme der Kreidefelsen wie Kappen. Die Gräser waren gelb und den Himmel durchzogen Fäden von Blau. Mit den Vögeln sind meine Blicke um die Felsen gestrichen, mit den Kämmen der Brecher in der Brandung zerschellt, mit den Strahlen der sich erhebenden Sonne im Raum zerflossen. Dahin habe ich mit den Armen gewiesen und dorthin, ich habe ein Netz ausgeworfen, da habe ich mit einem Mal gelebt.
Oder die Helle des Regens aus einem Himmel voller Rauch: Man geht zum Feld und man weiß die Sonne hinter den dunkleren Gespinsten der Wolken, sonst weiß man nichts. Was sollte man auch wissen, und es nützte auch nichts. Ohne Voraussetzung sein, immer ohne Bedingungen, also offenes Haus, offenes Auge und Gehör. Die Finger sind Körbe, etwas hineinzutun, man selbst ist ein Gefäß. So ist man verwundbar und glücklich, wer verwundbar ist.
Die Straße, so es eine gab, hatte ich verlassen.

Da war ich im Feld, faserige Helle des Regens um mich und die spärlicher fallenden Tropfen. Die Felder waren abgeerntet, braun und schwarz zogen sie hin in den Herbst. Ringsum wartete die Leere, auf daß sie jemand erfülle. Die Hügel, die sanft gegen den Himmel anstiegen, erfüllten sie nicht. Die Schnüre des Regens waren bloß flüchtige Durchbohrungen der Luft. Der Wind vielleicht, der seine blassen Arme ausstreckte? Er war hinter dem Erdrand zu Hause, wie er ja immer hinter dem Erdrand zu Hause ist. Sein Wesen ist Fremd-Sein, sein Wesen ist Kommen und Gehen. Also war ich allein. An meiner Seite die Arme, unter mir die Stiefel, die frisch gefettet waren, und der Boden, tief und warm. Immer wieder ist mir der Geruch des Dungs in die Nase gekrochen. Aus den Rainen sind Vögel vor meinen Schritten aufgestoben und haben mit ihren Rufen die Vorhänge des Regens zerteilt. Und wenn auch keine Musik hörbar war, so haben mir doch die Ohren geklungen, und ich habe meine Arme nach Takten bewegt. Die Erde war aufgespannt wie eine schwingende Tenne, die Säer waren fort, die Worfler haben geschlafen. Stetig sind die Hügelkuppen vor mir angestiegen, stetig wie die Hebungen meines Atems. Ich war der Bruder des aus dem Himmel fallenden Wassers, an jenem Morgen bin ich das Herz der Welt gewesen. In meinen Schritten waren Norden und Süden, Osten und Westen. Mein Kopf war die Mitte der Windrose. Die Vierung des Himmels ist über mir gewesen. Schwimmend habe ich die Zeiten durchquert. Da bin ich vorangekommen wie in einem

mächtigen Strom. Die dunkleren Gespinste der Wolken haben sich heller gefärbt, das Licht ist eingebrochen. Scharf wehte der Wind jetzt um die Häupter der Hügel, als Pferd mit fliegender Mähne stürmte er über die Ebene hin, wo sich Bäume wie Peitschen gespannt haben. Ich stieg den Hang hinauf, und der Wind wohnte in meinem Haar. Zwischen den Schritten konnte ich nicht verlorengehen. War ich auch allein, so hatte ich doch meinen Weg durch den aufgehenden Tag. Die Wolken hatten Segel aufgespannt, und so flog ich mit ihnen. Die Feldsteine ließ ich wie meine Stapfen hinter mir zurück.
Oder der steinige Abhang, die leere Wange eines Abhangs, und unten ein Tal, ein weites Tal: Es ist ein Tal wie ein aus Steinen geformter Trog und darüber beschreiten die Vögel leichtgebaute, luftige Stege. Ich habe nicht gefragt, welche Richtung das Tal nimmt, ich habe es seine Richtung einschlagen lassen, leer wie es war, ohne Straße, ohne Dorf, ohne Menschen. Drüben der Hang, klar und scharf in der Helle der Luft, die kahle Wange des Hangs in lichtem Grau, Mäntel von Geröll, die weglosen Geröllzonen, und darüber die Felsenberge, fünf Türme und dahinter ein steinernes Meer. Fünf Türme, ich habe sie unterschieden wie Aufbauten gepanzerter Schiffe, die aus der See tauchen, aus einem eisenfarbenen Ozean, schief gegeneinander versetzt, Drachenzähne des Erddrachens, ihre Schatten fallen ins Tal. Fast ist es, als stürzten sie. Aber sie stürzen nicht. Sie wachsen höher aus der Erde. Fremd stehen sie in den Himmel hinein. Auf der Kante

des Abhanges war ich aufgestellt, ein atmender Fels. Wortlos bin ich der Augenzeuge gewesen. Am Himmel sah ich Wolkenbänder von schneeigem Weiß. Sie waren in der Tiefe des Himmels befestigt, gehalten von der Atemlosigkeit des Windes, und darunter hingen dunklere Wolken wie Laub, das durch den Herbst fliegt, ja, sie bewegten sich, und ihre Schatten fielen, jene der Berge überschneidend, ins Tal. Die Sonne war mir verborgen, die Sonne sah ich nicht. Doch sie war unterwegs, das wußte ich, sie war da, strahlend in der Finsternis des Alls, wo auch meine Erde hinflog und wo die blühenden Gestirne waren in einer ungeheuren Zeit. Der Morgen war der Rauch meines Atems, wiederkehrend, wachsend, und was an Wärme in dieser Welt dampfte, war in mir. Sollte ich absteigen in die Ödnis des Tales, sollte ich aufsteigen zur feindlicheren Öde der Berge? In der Mitte schritt ich am Hang dahin, in der Kälte des Aufwinds. Nebel strichen über mein Gesicht. Schweigend spielte der Wind um die Löcher des Felses. In den Steinwüsten waren meine Blicke verloren wie meine Rufe in der Stille. Ruhelos trieb ich mich zwischen Abgründen herum. An Tümpeln ließ ich Steine in eisige Tiefen sinken. Mein Abbild im Wasser erkannte ich nicht. Es gibt dich, habe ich gedacht, du lebst, aber Gewißheit hatte ich nicht. So ferne war mir der Tag gerückt, eine unwirtliche Fremde umgab mich, an den finsteren Anfang war ich zurückverschlagen, in die Nacht jedes Beginns.

Anders aber ist es, in das Erwachen der Flüsse zu schauen, gegen die Helle dampfender Wasser, wo Äste darüberhängen und Zweige schleifen. So gleichmäßig strömen die Wasser in der Mitte dahin, quer durch die leise atmende Welt. In den Wiesen hat sich die Kühle des Taus auf meine Augen gelegt. Von Hügeln bin ich gekommen. Lang schon waren die graugrünen Bänder der Flüsse in meine Blicke gewirkt. In den Hohlwegen lag noch Dunkel, seitwärts sah ich Gestrüpp und die stumme Schichtung des Tegels. Vor mir war, zahlreiche Inseln umgreifend, der vielgliedrige, brückenlose Strom. Da hatte er über die Weite sein schimmerndes Haar ausgebreitet. Gut eingebettet war das flüssige Wasser im Antlitz der Erde, so floß es eine mäßige Neigung bergab gegen das endgültige Meer. Groß war die Schale der Welt, sicher gebaut, ein Oval gegen die graue, geschwungene Linie des Horizonts, und darunter die dämmernde Mitte, wo der Strom seine zahllosen Wege ging. Die Flußarme hatten ihren Platz, die Augen und die Sandbänke. Meiner bedurfte es nicht. So habe ich mich in das Schauen zurückgezogen, in das Hören und in das Riechen. Vom Fluß her wehten die alten Gerüche herauf, Blätter, Wasser und Holz. Als ein Zug von Gänsen aufflog, gedachte ich ihrer fernen Heimat. Weit weg verloren sie sich zwischen tiefsegelnden Wolken. Ihre Bestimmung war die meine. Jeden Morgen bin ich in der Welt, wieder und wieder bis zuletzt. Was ich nicht einfange, das muß ich entwerfen. Mein Weg führt fort. Was wollte man mehr über das Ziel der Gänse sagen? – Die Erde wölbt sich ein, der Himmel buchtet sich aus. Dazwischen geschieht es. In hellen

Streifen fällt das Sonnenlicht durch die Wolken. Beinahe hat es den Anschein, als hätte der Strom deren Richtung bestimmt. Sich reflektierend, treiben sie über seinen Spiegeln dahin. In diesem Anblick bin ich langsam an der Lehne abwärtsgestiegen, auf die sich schon warm der Tag zu legen begann. Die Bäume des Auwaldes haben mir die weißen Unterseiten ihrer Blätter gezeigt. Der Schotter hat unter meinen Schritten geknirscht. Inseln sind im Strom geschwommen wie grüne Schiffe. Da bin ich seinen Ufern gegen Mittag hin gefolgt.

Jedesmal das Weiß des Morgens und die Angst, es nicht ausfüllen zu können. Jedesmal das Augen-Öffnen und das Da-Sein. Jedesmal der Aufbruch in die Vorläufigkeit, das Einfetten der Stiefel, das Anziehen der Stiefel und das Anlegen der Kleider vor den hellen Rechtecken des Morgens, und einmal, irgendwann einmal das Aufbrechen in die Endgültigkeit.

Langsam den Hang hinunter und langsam am Hang herauf, am Abhang des Traums, auf dem man sich bewegt wie eine Hummel über der Wiese. Und drüben vielleicht der Wald, ein roter Buchenwald im Herbst, am Strom, der seine grauen Wasser mit denen eines anderen Stroms vermischt, man selbst mit goldenen Augen. Der Berg füllt die weite Krümmung des Flusses aus, es ist beinahe ein Halbkreis, der Berg ist von Wald bedeckt, und das Rot der Buchen hebt sich gut ab vom dunklen Grün der Fichten, die die flußabgewandte Seite des Berges bestehen. Der Berg hat die Form eines aus den Fugen geratenen Pyramidenstumpfes, und er wäre wohl ein wenig lächerlich anzuschauen, hätte er nicht die Stellung eines Beherrschers der Ebene, denn das Land ringsum ist flach und grasig. Nichts vermag dort das Auge zu interessieren, und so ist es nur allzu verständlich, daß der Berg, den man anderswo kaum beachten würde, hier alle Aufmerksamkeit auf sich zieht. Der Berg steht gewissermaßen in der Mitte der Welt.

Auch der Turm von Babel ist in der Mitte der Welt gestanden, und er ist, wenn man den alten Berichten Glauben schenken kann, eine Art von Berg gewesen. Die Ströme haben ihn umflossen, und ihre Wasser waren grau wie die Haarsträhnen der Menschen, die an ihren Ufern gesessen sind und geweint haben. Der Turm wurde zum Teil aus gestampftem Lehm, zum Teil aus Ziegeln, zum Teil aus weißen, gerade zugehauenen Kalksteinblöcken errichtet. Der Kern bestand aus Lehm, und darum waren wie ein Mantel die Ziegelmauern gelegt, und darum erst waren wie Panzer die Steinblöcke gefügt. Als der Turm in Bau war, er ist ja nie vollendet worden, konnte man diese drei Schichten leicht erkennen. Der Anblick glich dem einer schwärenden Wunde oder dem Blick in die Höhlung eines mächtigen Leibes, und die Menschen sahen winzig darauf aus wie Maden. In Babel, wo fruchtbares Land ringsum war und wo die Straßen aus allen Himmelsrichtungen zusammenliefen, haben sich die Stimmen der Menschen verwirrt, dort, im Lärm des Bauplatzes, am Fuß des Berges, der, erst halb aufgerichtet, riesengroß unter den weißen Wolken gestanden ist, und die Bauleute haben die Hände vors Gesicht geschlagen und sich die Haare gerauft. Die Ströme sind fortgeflossen zum Meer, die Glocke des Himmels war blau, hoch und unerreichbar, und ein paar Wolken sind daran befestigt gewesen wie Reste eines zerrissenen Vorhangs. Da haben sich die Menschen zerstreut, hinaus in die Wüsten, und sie waren anzuschauen wie ein Schwarm Krähen. Viele sind darüber irre geworden, und die Feuer, die man nachts entfacht hat, konnten sie nicht erwärmen.

Der Wind läßt die Blätter der Buchen rauschen, und dieses Rauschen vermischt sich mit dem des Stroms. Man meint Stimmen daraus zu vernehmen und Worte einer vergessenen Sprache. Am

Ufer des Stroms sitzt man Stunde um Stunde, der Kies klingelt aus der Tiefe. An seichteren Stellen entdeckt man reglos in der Strömung stehende Fische. Die Buchen spiegeln sich unscharf im Wasser und teilen ihm ein wenig von ihrer kupferroten Farbe mit. Die Stimmen des Waldes verstärken sich mit dem Wind, abends schlafen sie ein. Das Land ist grün, in der Ferne hellt es sich auf und wird fahl gegen den Strich des Horizontes zu. Dort draußen mag auch eine Ortschaft stehen, mit Äckern herum, die man undeutlich ausnimmt. Da und dort stehen einzelne Bäume in der Ebene. Man verbindet sie mit gedachten Linien, wirft ein Netz aus, strafft es, aus dem Schauen wird ein Überlegen, aus dem Träumen ein Rechnen. Eine weiße, staubige Straße durchquert das Land, sie führt auf das ferne Dorf zu. An manchen Stellen macht sie scheinbar unbegründete Kurven, im Schatten von Bäumen verbreitert sie sich zu Rastplätzen. Es ist aber nirgends ein Mensch zu sehen, nur die Stimmen des Laubs sind hörbar.
In Babel aber war es still geworden, nachdem sich die Menschen in alle Winde zerstreut hatten. Der Bauplatz lag öd. Die Fahnen waren an ihren Stangen ausgebleicht, Stürme hatten sie zerfetzt. Von ferne waren sie anzuschauen wie alte Wergbündel, grau und zerschlissen. Und die Schiffe, die auf den Strömen herabtrieben, warfen keine Anker aus. Selbst die wenigen Bewohner der Stadt, die sich der allgemeinen Flucht nicht angeschlossen hatten und geblieben waren, gingen selten zum Turm hinaus. Manchmal blickten sie von den Zinnen der Befestigungsanlagen zu ihm

hinüber und registrierten unbewegt seinen Verfall. Es mag sein, daß sie sogar die Zeit herbeiwünschten, wenn die Naturkräfte ihn dem Erdboden gleichgemacht haben würden, stellte er für sie doch die Erinnerung an ihr Unheil dar. Darüber berichten die Quellen leider nichts.
Man wirft Holzstücke in den Strom, die er rasch mit sich fortreißt. Vom Grund leuchten rote und grüne Steine herauf. Die Fische springen, Wellen sind unterwegs. Gegen das Ufer zu stehen Libellen über den ruhigeren Wassern. Das Schilf biegt sich. Im Trockenen wohnen Spinnen, deren Netze der Wind zerreißt. Die Erde des Ufers ist rot und voller Löcher. Kaum tut man einen Schritt, so halten die Grillen im Zirpen inne. Der Ton klettert die blauen Säulen des Nachmittags hinauf. In der Ferne hat sich der Himmel grau beschlagen. Die Luft besteht aus schlanken, achteckigen Prismen. Ihre Konsistenz ähnelt der des Kristalls. Die Sonne bricht sich an den Kanten, im Auge des Beobachters tauchen flüchtige Widerspiegelungen auf. Man liegt an der Uferlehne, an der warmen Lehne eines Herbsttages, und blickt, einen Grashalm zwischen den Zähnen, über den Fluß hin auf den Berg, dessen Form sich rund und fest zusammenschließt wie eine Faust. In der Kühle, die vom Wasser heraufweht, hängt feiner Modergeruch. Man sieht in Gedanken das Laub fallen, sieht das Laub in den Fluß fallen, sieht es fortschwimmen und versinken. Dann wird der Berg nackt sein, und die kahlen Stangen der Äste werden sinnlos in den Himmel stehen. Der Himmel wird die Farbe von Eisen haben, die Luft wird

schwer sein, man wird das Knirschen der Gestirne hören, und dann wird der Schnee kommen, leise und kalt.

In Babel war es, als trete die Nacht aus den Ufern, die Tage verkürzten sich, und in der Dunkelheit sahen die Menschen Sterne stürzen. Gegen Mittag fiel ein Schatten über die Sonne, Finsternis stieg auf wie der Rauch aus einem großen Ofen, schwarz stand der Turmbau in der tintenfarbenen Luft, und viele meinten, es sei der Buckel des Leviathan, des Ungeheuers, das die Erde birgt. Und an alle Türen hängten sie Tafeln aus kostbarem Metall, in die der Name Gottes eingeritzt war oder das, was sie für diesen Namen hielten. Es war eine Zeit der Plagen. Die Rauchschalen brannten Tag und Nacht, die Opfer waren vergeblich. Die Ströme führten Wasser heran, eine solche Flut hatte man noch nicht gesehen, Leichen trieben darin herab. Die Pfeiler der Brücken zitterten, die Frauen warfen ihre Umhangtücher über den Kopf und klagten. So glichen sie steinernen Säulen des Leides. Der Turm, das große Werk, verfiel. War er früher deutlich als Menschenwerk erkennbar gewesen, so begann er nun allmählich einem natürlichen Hügel zu gleichen. Die Kalkblöcke zerbröselten, die Ziegel zerfielen, der Lehm weichte auf. Nachts schlugen Blitze ein.

Soll man sich aufmachen nach jener fernen Siedlung? Soll man seine Zeit am Fluß, an der Kühle des Wassers hingehen lassen? Seine Stimmen geben keine Antwort. Die Stimmen des Waldes geben keine Antwort. Wie soll man es entscheiden, da man nichts weiß, da man nicht einmal weiß, welches Geschäft man betreibt, was einen in diese Einöde geführt hat, weg, weit weg von den Menschen. Man schaut zum Berg hinüber, so als trage er eine Botschaft. Man blickt den Fluß hinab, folgt seiner breiten, im Sonnenlicht glänzenden Spur bis zu jener Stelle, wo er sich brausend mit dem anderen Fluß vermischt. Beide sind wasserreich, sie versammeln ihre Kräfte, ziehen fort gegen ein Meer, das sie erwartet. Ihr Ziel kennen sie von Anbeginn, ihr Weg durch die Welt kennt keinen Zweifel. Klein und gering ist man an ihren Ufern, ein bunt gekleideter Narr, ein Harlekin. Man hebt seine Hände. Man weist in alle Richtungen der Welt, dann läßt man sie sinken und betrachtet seine Zehen im Sand. Zuletzt macht man sich auf den Weg. Vögel, die am Berg drüben aufgestiegen sind, beginnen die Finsternis auszustreuen.

Die Menschen in Babel warteten darauf, daß der Sack von der Sonne genommen werde, daß die Gestirne am Himmel wieder geordnet würden. Einsam sah man sie über die Felder laufen. Die Verwirrung ihrer Stimmen war noch ärger geworden. Es machte den Anschein, als könnte auch der einzelne sich selbst nicht mehr verstehen. So lebten sie abgetrennt auf engstem Platz. Ihre Zungen waren stumm, ihre Blicke wirr wie der Flug einer späten Fliege. Sie ergriffen einander an den Händen, denn sie hatten Angst. Aber es war, als würde das Blut aus ihren Fingern weichen, als ergriffen sie die Hände von Toten. Da liefen sie schreiend auseinander und verbargen sich in ihren Häusern. Babel, die große Stadt, schien von Menschen verlassen. Die Fremden mieden den Ort. Der Turmbau war beinahe in Vergessenheit geraten. Was einst die Mitte der Welt gewesen war, war jetzt ein finsterer, öder Bezirk. Die Pyramidengestalt des Turmes war verschwunden. Er war bloß noch ein niedriger, abgeplatteter Hügel, auf dem Gras und Bäume wuchsen. Heute weiß niemand mehr, wo der Turm einmal gestanden ist. Es erscheint geradezu als Wunder, daß sich die Kunde von ihm erhalten hat. Seinetwegen kommt niemand nach Babylon.

Man ist über die Ebene gewandert, lange ist man über die Ebene gewandert, und gegen Abend hat man die Ansiedlung erreicht. Es sind ja nur ein paar Hütten gewesen, ein paar Steinmauern, aufgestellt gegen die Leere. Überall hat man geklopft, an jede Tür, aber nirgends hat jemand geantwortet. So hat man sich allein sein Nachtlager bereitet, man hat einen Kreis gezogen, man hat die vier Formeln gemurmelt, man hat geschlafen. Erst am nächsten Tag ist man auf Menschen gestoßen. Sie kamen von den Strömen her, vom Berg, ein kleiner, übermüdeter Zug. „Woher seid Ihr?" hat man gefragt, „Was ist Euer Ziel?" aber die Leute verstanden nichts, kein einziges Wort, sie schüttelten bloß die Köpfe wie kranke Pferde und preßten die Lippen aufeinander. „So redet doch!" hat man gerufen, „So gebt doch Antwort!" Immer lauter hat man gerufen, immer lauter, bis man bemerkt hat, daß die anderen nicht verstehen, bis man gemerkt hat, daß man selbst nicht versteht und endgültig verstummt ist.

IM ZIMMER

Zurückdenken, immer zurückdenken an die vergangene Zeit, an das verlorene Leben. Wenn in der Früh eines kalten Herbsttages sich der Raum zwischen den schwarzen Ästen der Bäume allmählich mit einem dunklen, strahlenden Blau auszufüllen beginnt, dann denkt man, die Wange an die Fensterscheibe gelehnt, wo ist es denn, dein verlorenes Leben, wo?

Auf dem Vorhang, der rechts und links das Fenster umrahmt, ist ein kleiner Garten eingewebt mit Laubzweigen, Granatäpfeln, Blüten und Vögeln. Das Fenster gibt den Blick auf einen wirklichen Garten frei. Dort ist Herbst, Spätherbst, es ist November. Das Geißblatt auf der Ziegelmauer, die den Garten umschließt, ist noch grün. Auf dem Mauersims hüpft eine Amsel herum. Die Kastanien und Platanen sind längst ohne Laub. Man hat es fallen sehen. Langsam kreisend an windstillen Tagen, in schwarzen Wirbeln an Sturmtagen. Man erinnert sich an den Regen, man erinnert sich an den federleichten Körper einer toten Biene, man erinnert sich auch eines Spechtes, den man beim Beklopfen abgestorbener Äste beobachtet hat. Einmal, nachts, war eine Eule vor dem Fenster. – Das ist alles.

Man geht durch Zimmer, immer wieder durch stille, abgeschlossene Zimmer, und denkt an den dunklen Garten, in dessen Dunkelheit man immer auf das Auftauchen eines Lichtes gewartet hat. Stundenlang hat man zum Pförtnerhaus hinübergeblickt, hat man dorthin geblickt, wo man weiß, daß das Pförtnerhaus ist, aber es ist nichts geschehen, es wurde dort kein Licht angezündet, alles hat geschlafen. Immer hat dort alles geschlafen. Die Jahre erscheinen als schwarze Holzstäbe, auf denen manche Tage als dünne weiße Striche verzeichnet sind. Diese Stäbe stehen am Rande eines nächtlichen Feldes, und niemand weiß, wozu sie taugen.

Nirgends ist man so allein wie am frühen Morgen inmitten einer großen Stadt. Es ist ganz still, höchstens ein kaum wahrnehmbares Geräusch, das an das Zischen geöffneter Gashähne erinnert. Man blickt auf weiße Flügeltüren, und dort steht die Frage: Wo ist es denn, dein verlorenes Leben, wo? Und man blickt auf die weiße Wand, und auch dort steht die Frage, überall steht die Frage, die man nicht beantworten kann, die immer höhnischer klingt, und aus dieser Nichtbeantwortung, aus diesem Nicht-beantworten-Können wird plötzlich die Verzweiflung.

(Für mich ist die Verzweiflung immer eine Frau gewesen, die ich liebe und die mich nicht liebt. Manchmal treffe ich sie am Flußufer, an den Kais. Zwischen den Pappeln und Erlen, die dort stehen, tritt sie hervor und geht langsam auf eine bestimmte Stelle der Kaimauer zu. Dort ist ein Eisenring in den Stein eingelassen. Er ist zum Vertäuen von Schiffen bestimmt. Sein Rost hat den Stein durchtränkt und gefärbt. – Ein anderes Mal habe ich sie zwischen den Ziegelmauern einer italienischen Stadt gesehen. Vorne hat sich ein weiter Platz aufgetan mit einer braunen Kirche und Orangenbäumchen. An einem kleinen runden Tisch sitzend habe ich dort beim weißgekleideten Pikkolo eine Flasche Asti-Wein bestellt. – Eigentlich habe ich noch nie die ganze Gestalt dieser Frau gesehen. Immer ist da ein Fenster, ein kleines Fenster aus dunkel getöntem Venezianerglas, hinter dem ich das Gesicht der Frau als hellen Fleck undeutlich ausnehme.)

Es kann geschehen, daß um eine solche Morgenstunde plötzlich alles voll Abschied ist, und man erkennt die unerbittliche Fügung: Immer kehrt der Frühling zurück, nur man selbst, man selbst kehrt nie zurück. – Verschiedenes steht dann auf, flüchtig, schon zum Fortgehen gewandt, man erinnert sich:

Ein Hügel steigt am Fluß auf, rund wie ein Daumennagel, und rot sind Eichenbäume im Herbst, und wie im Traum besänftigt die Herbstluft das Zittern der Äste. Von Westen her eine Wolkenbank, von zwei Farben bezeichnet: Violett und Orange. In der Ebene, die sich vom Fluß gegen Norden erstreckt, sind, wie Spielzeug anzuschauen, Dörfer aufgestellt, und am Rand stehen Berge, damit das Auge nicht hinausgeht ins Wesenlose, sondern zurückkehrt über die Straßen, die von der Ferne immer wieder zur Mitte führen wie die Speichen des Rades.

Oder wo Wald und Feldberge stehen und der Schneewind bläst und die Ackerfurchen schon weiß sind, während die Schollen sich in braunem Violett noch zeigen. Schwarz steht der Wald. Ferne erhebt

sich, von treibenden Schneewolken immer aufs neue verhüllt, ein Kirchturm.
Man hat auch des Gebirges nicht vergessen, das in weitem Schwung den Talkessel umschließt, abendlich dieser schon, wenn jenes noch im Licht strahlt. Auf den Gassen der Dörfer aber ist man, von Kettenhunden verbellt, immer ein Hund unter Hunden gewesen. Aber der Abend tröstet, denn man weiß schon, wer man ist und welches Geschäft man betreibt. In die Nacht hinausgehen, das ist es, und nichts sollte schlimmer sein als eine Nacht, in der man niemanden antrifft.
Man unterbricht seinen Gang durch die Zimmer. Wie man seinen Gang durch die Zimmer unterbricht, so möchte man sein Leben, den Tag, den Weltenlauf unterbrechen. Zwischen dem Ein- und Ausatmen, zwischen dem Heben und Senken der Hand sollte Ruhe eintreten, augenblicklich.
(Tage soll es geben, ich habe davon gehört, ganz ruhige Tage. Die Ruhe ist weiß. Die Ruhe ist eine große, weiße Kugel, eine elfenbeinerne Kugel, die langsam durch den Tag rollt. Der Tag trägt die Farben des Herbstes. – Wie oft denke ich an diese gleichsam schwerelose, antriebslos dahinrollende Kugel! Denn von der Ruhe habe ich nicht viel genossen. Sie ist wie ein Baum in einem Garten, von dem ich ausgeschlossen bin, ein Apfelbaum, um dessen Früchte man träumend die Finger schließen möchte. Sie ist wie die kühlen Rispen der Gräser, zwischen die man versinken möchte im Schlaf. Oder die weißen Wasser der Ruhe, darin sich die Tage widerspiegeln und die Wolken. In diese Wasser habe ich noch nie geschaut. Immer-

fort bin ich, von der Geest kommend, durch die Marsch gegangen zwischen den schwankenden Schilfrohren und dem Riedgras, und die Wildgänse waren über mir.
Man sollte diese Gedanken stehenlassen wie Steinblöcke im Wald. Das ist der stillste Ort. Wenn ich zwischen seinen Stämmen durchgehe und das Kraut mit den Schwarzbeeren reicht mir bis an die Knie, und in der Dämmerung ist der Geruch von Harz und Spinnweben sind ausgespannt von Ast zu Ast, dann bewege ich tänzerisch meine Arme, und ich bin schön.
Von solcher Schönheit sollte die Welt sein. Die Schönheit, die Stille, das ist der Gang der Gestirne und der Sturz der Wasser und der Flug der Kometen. Nirgends trifft man sie an. Mit den Spiegeln der Schwermut fängt man sie nicht ein. Die Räume der Welt füllen sich mit Sand und Staub. Der Wind pfeift durch schwarze Gerüste. In magnetischer Finsternis umherzugehen, ist der Ruhlosen Geschäft, und aus allen Fenstern schaut das Böse.)
Man nimmt seinen Gang durch die Zimmer wieder auf. Was sich als Ende darstellen wollte, entpuppt sich als Unterbrechung. Man kennt den Weg. Die Türen, die Zimmer, die Fenster. Draußen ist es lichter geworden. Die Luft ist von rauchiger Helle erfüllt. Ein Wind hat sich erhoben. Die schlankeren Äste zittern ein wenig. Es ist sieben Uhr fünfundzwanzig. Die Frage hat man nicht gelöst. Man stellt sie noch einmal, man spricht sie laut aus, mehrere Male: Wo ist es denn, dein verlorenes Leben, wo? – Erst lockert

sich die Zunge, Worte, viele Worte, noch nie so viele Worte, dann stolpert sie, gerät ins Taumeln, wird schwer im Mund, schwer und naß, und man verstummt. Dieses Verstummen in aller Früh ist schon der Tod. Man öffnet ein Fenster und hört das ferne Brausen des Stadtverkehrs. Der Himmel, der ein wenig rosa getönt war, wird allmählich fahl. Der Wind ist stärker geworden. Die mächtigeren Äste zittern ein wenig, während die schlanken sich wie Ruten biegen. Vom Garten dringt der Modergeruch des feuchten Laubes herüber. Es verrottet in großen, dunklen Haufen. So beginnt der Tag.

Der Aufbruch

An einem Oktobertag des Vorjahres bin ich aufgebrochen. Schon lange hatte ich mit dem Gedanken an eine Reise, mit dem Gedanken, eine Reise zu unternehmen, gespielt, aber erst an jenem Tag habe ich mich zum Aufbruch entschlossen. Wenn ich hier von Entschluß rede, übertreibe ich freilich zu meinen Gunsten, denn tatsächlich habe ich mich zu nichts entschlossen, sondern bin durch verschiedene Umstände zum Aufbruch förmlich gezwungen worden. Am Tag zuvor hatte mir nämlich der Vorarbeiter erklärt, daß er, infolge der geplanten Betriebsauflassung, mich als Arbeitskraft nicht länger brauchen könne. Anfänglich war ich von dieser Mitteilung verwirrt, hatte ich doch viele Jahre auf jenem Holzlagerplatz gearbeitet. Später erschien sie mir dann als ein Zeichen des Himmels. Was hätte ich denn, meiner Anstellung beraubt, weiter in Gollern tun sollen? Gollern ist ein kleines Landstädtchen, die Arbeitsplätze sind rar, und man muß schon Glück haben, wenn man dort von heute auf morgen eine Beschäftigung finden will. Ich hätte es zwar versuchen können, und wahrscheinlich hätte ich, da ich in der Stadt viele Leute kannte, auch Erfolg gehabt, aber ich sagte mir, du wirst nichts finden, du wirst nichts finden, du wirst nichts finden, und trieb mich, indem ich mir den weiteren Aufenthalt in Gollern solcherart unmöglich machte, zum Aufbruch. Wäre mir damals jemand über den Weg gelaufen und hätte gesagt, ich habe gehört, daß du Arbeit suchst, komm zu mir, ich glaube, ich hätte die Reise Reise sein lassen und wäre ihm gefolgt, so schwach war mein Entschluß. Da aber dieser Fall nicht eintrat, hier muß ich gestehen, daß ich ihn durch pausenloses Auf- und Abgehen in der Hauptstraße von Gollern eigentlich provozierte, machte ich mich also tatsächlich auf den Weg, das heißt, ich mußte mich auf den Weg machen, wollte ich das bißchen Selbstachtung, das noch in mir steckte, nicht auch noch verlieren. Ich erinnere mich genau an jenen Morgen, es mag etwa vier Uhr gewesen sein, als ich mit dumpfem Kopf und einem feinen Zittern in allen Gliedern erwachte. Am Vorabend hatte ich mich, wahrscheinlich aus Feigheit, völlig betrunken, was sonst durchaus nicht meiner Art entsprach. Ich lag also im Bett und starrte zum Fenster hinüber. Draußen graute der Morgen. Die Fensterscheiben waren beschlagen, und hie und da lief ein Tropfen an ihnen herunter. Eine gute halbe Stunde mag ich so im Bett gelegen sein, von der Wärme der Decken eingehüllt. Die Arme hatte ich über der Brust verschränkt, die Finger fest um die Ellenbeugen geschlossen. Dann rumpelte draußen ein Wagen vorbei. So als wäre dieses Rumpeln eine Botschaft oder gar ein Befehl an mich gewesen, stand ich sogleich auf, wusch mich notdürftig, kleidete mich mechanisch an, war ein wenig verwundert darüber, daß sich meine Glieder mit solcher Selbstverständlichkeit bewegten, bewegen ließen, kramte Geld und Ausweispapiere zusammen und verließ, ohne einen Blick zurückzuwerfen, mein Zimmer und das Haus.

Es war ein sonniger, wenn auch schon herbstlich kühler Tag. Das Städtchen lag noch im Schlaf. Die Fensterbalken waren verschlossen. Der Wind, der hin und wieder zwischen den Häusern herausfuhr, trieb kleine Staubfahnen vor sich her. Bloß ein paar Katzen schlichen mit steil aufgerichteten Schwänzen um die Ecken. Als mir eine über den Weg laufen wollte, scheuchte ich sie mit einem Fußtritt fort. Diese plötzliche Aufwallung von Zorn war die einzige Gemütsregung, die damals meine Bewußtlosigkeit durchbrach. Selbst sie ist mir heute unverständlich, denn ich bin nicht abergläubisch und habe stets über Leute gelacht, die schwarze Katzen oder die Muster des Kaffeesatzes als Hinweise auf ihr Schicksal deuten. In den menschenleeren Straßen kam ich rasch vorwärts und erreichte, nachdem ich die Eisenbahnlinie überquert und den Holzlagerplatz, wo ich ehedem gearbeitet habe, hinter mir gelassen hatte, bald das offene Feld. Über den Wiesen lag dünner Nebel, durch den aber da und dort schon der blaue Himmel durchzuschimmern begann. Mich konnte allerdings die Aussicht auf einen schönen Tag nicht aufheitern. Wer mich damals mit hängenden Schultern querfeldein stapfen gesehen hätte, mürrisch, verdrossen, mit kleinen, geröteten Augen, der hätte wohl kaum vermutet, daß ich im Begriffe war, mich freiwillig auf eine Reise zu machen, von der ich schon lange Zeit geträumt hatte. Ein unvoreingenommener Beobachter hätte mich wahrscheinlich für einen Taugenichts gehalten, der, eben unter den herabsausenden Rollbalken einer zusperrenden Schenke hinausgewor-

fen, nun in Ermangelung einer Unterkunft mit sich und der Welt uneins in einen neuen Tag hineingeht, von dem er nicht weiß, wie und wo er enden soll. Als mir ein Pferdefuhrwerk begegnete und der Bauer mir vom Bock einen Gruß zurief, zog ich nur meinen Kopf tiefer zwischen die Schultern und beschleunigte meinen Schritt. Der scharfe Geruch des Dungs, den der Wagen geladen hatte, hing mir noch lange in der Nase. An der ersten Straßengabelung wandte ich mich, ohne daß ich vorher darüber nachgedacht hatte, nach links. Vielleicht entschied ich mich nur deshalb für diese Richtung, weil dort, etwa zehn Schritte von der Kreuzung entfernt, ein aus Stein gehauener Bildstock aufgestellt war, an dem alte, längst verdorrte Blumenkränze hingen, deren Aneinanderreiben im Wind ein leises Rascheln erzeugte. In eine jener länglichen, grauen Lachen, die in den Wagenfurchen standen, warf ich einen Stein. Die von herbstlich kahlen, an Rutenbündel erinnernden Kirschbäumen gesäumte Straße führte mehr oder minder gerade auf einen noch dämmrigen, im Schlagschatten der hohen, das Tal begrenzenden Berge liegenden Waldgupf zu.
An dieser Stelle sind vielleicht einige Worte über die Lage des Tals und insbesondere über die meines Heimatstädtchens Gollern angebracht: Dieses Tal, ein breites, in der Nähe des Flusses ein wenig sumpfiges Trogtal, wird beiderseits von hohen Bergen eingefaßt. Das Gebirge steigt aber nicht jäh vom Talboden auf, sondern gleichsam in Stufen. Erst sind es nur dicht bewaldete Hügel, auf die dann steilere Hänge folgen, die, ganz

durchschaut man die Zusammenhänge von unten her, aus der Froschperspektive, nicht, von schroffen Felsgipfeln bekrönt werden. Diese Gipfel liegen aber so weit vom Tal ab, daß man sie selbst an sonnigen, wolkenlosen Tagen bloß als weiße Dreiecke undeutlich in das Blau des Himmels aufragen sieht. Niemals ist man bei ihrem Anblick sicher, ob es sie tatsächlich gibt oder ob man einer Täuschung der Sinne zum Opfer gefallen ist. Wenn man in Gollern geboren ist und dort lebt, sind einem solche Überlegungen freilich fremd, wie ja überhaupt in Gollern nur Gedanken gedacht werden, fast möchte ich sagen, gedacht werden können, wenn es Gollern unmittelbar betreffende Gedanken sind. Gollern ist ein ganz und gar unbedeutendes Städtchen, von dem selbst die eifrigsten Lokalpatrioten nicht behaupten können, daß es von besonderer Schönheit oder Wichtigkeit wäre. Man könnte noch weitergehen und sagen, daß, würde Gollern nicht bestehen, der Welt nichts verlorengegangen wäre. Legt man solche Maßstäbe an, dann können gewiß nur wenige Plätze der Erde bestehen. Zu dieser Einsicht ist aber der, der in einer solchen Bedeutungslosigkeit, wie sie Gollern nun einmal darstellt, eingeschnürt lebt, nicht fähig. Er empfindet nur die unerträgliche Enge der Köpfe, Häuser und Straßen, er haßt die ihm nur zu gut bekannten Gerüche, Stimmen und Schritte, er kann die Menschen, die ringsum mit stumpfsinniger Beharrlichkeit ihr Tagewerk ausführen, nicht mehr ertragen. Wäre Gollern damals mitsamt seinen Bewohnern von einem Erdschlund verschluckt, wäre das, was dann etwa noch übriggeblieben wäre, von einer Feuersbrunst vernichtet worden, so wäre mir wohl um all das nicht leid gewesen, im Gegenteil, ich hätte eine solche Katastrophe geradezu freudig begrüßt. Mit einem Schlag wäre ich dadurch, ohne selbst auch nur das Geringste tun zu müssen, aller Pflichten und Abhängigkeiten ledig gewesen und hätte, mir Ruß und Asche aus den Kleidern beutelnd, mich in jede Richtung der Windrose fortmachen können. Dieser Fall ist aber nicht eingetreten. Schon an jener ersten Weggabelung bin ich unsicher geworden: Sollte ich tatsächlich fortgehen? Sollte ich umkehren? Über die Wiesen und Felder des Talgrundes blickte ich lange auf Gollern zurück. Aus den Schornsteinen der Häuser stieg jetzt Rauch auf. Überall wird Frühstück gekocht, dachte ich. Bei dem Gedanken an ein Frühstück, an jenes Frühstück, das mir meine Wirtin tagtäglich in meine Kammer gebracht hatte, überkam mich solcher Ekel, daß ich den Blick niederschlug und, so schnell ich konnte, jene Straße hinablief, schnell und schneller auf den schweigenden, grünen Waldgupf zu.

Es half nichts, Gollern ging mir nicht aus dem Sinn. Ich sah die gerade, staubige Hauptstraße vor mir. Dort reiht sich Haus an Haus. Wären die Häuser nicht numeriert, so könnte man wohl kaum entscheiden, in welchem Teil der Straße man sich befindet, so sehr gleicht eines dem anderen. Die meisten sind von ihren Bewohnern selbst erbaut worden. An Kleinigkeiten, wie etwa den schmalen, aus Blumenbeeten bestehenden Vorgärten, den bunten Fahnenstangen, Wetterhähnen und

Blumenkästen, die fast jedes Haus zieren, kann man erkennen, welche Liebe hier aufgewendet worden ist und wie stolz die Leute auf ihre Behausungen sind. Vielleicht ist gerade dieser offenkundige Stolz das Unerträglichste an diesen Häusern, denn sie stellen gewiß nichts dar, auf das man stolz sein könnte oder dürfte. Vielleicht ist es allerdings auch bloß der Neid, der einem den Anblick dieser sauberen, biederen Häuser verleidet, wenn man selbst nur eine Kammer bewohnt und zur Erbauung eines solchen Hauses weniger aus Mangel an Geld, Fleiß oder Unternehmungsgeist als auf Grund einer fundamentalen Unfähigkeit nicht imstande ist. Ich für meinen Teil habe mir das Leben in einem solchen Haus, das Leben mit Frau und Kindern nie vorstellen können. Es ist nun durchaus nicht so, daß ich mich nie nach einer Frau, nach Geborgenheit und der Ordnung einer Familie gesehnt hätte, aber ein einziger Blick auf diese Häuser und ihre Bewohner hat stets genügt, um mir klarzumachen, daß ich ein solches Leben, das auf nichts anderem basiert als auf jener gewissen Beschränktheit, die man gemeinhin Zufriedenheit nennt, nicht ertragen würde. Diese Gegebenheit hat mich des öfteren bedrückt. Jedenfalls hat sich mein Leben bis zum Antritt der Reise zwischen den Gollerner Häusern, in dieser Gollerner Straße abgespielt. Von der Hauptstraße zweigen zahlreiche Seitengassen ab, die sich aber bald ins offene Feld verlieren. Blickt man von der Hauptstraße in diese Gäßchen hinein, so sieht man wie durch ein Fenster auf die Äcker und Weiden hinaus, die gleich hinter den

Häusern beginnen. Man könnte bei diesem Anblick geradewegs vergessen, daß man sich in der Hauptstraße eines Städtchens befindet. Das ist vielleicht überhaupt eines der Hauptkennzeichen von Gollern: Überall ist man sich seiner Grenzen schmerzlich bewußt, überall stößt man nach ein paar Schritten an den Rand. In Gollern kann man sich nicht verlieren, wie dies in den Wäldern möglich ist, in verlassenen Gebirgstälern und in den Häusermeeren der großen Städte. In Gollern muß man den Blick immerzu auf das Allernächste richten, und zwar ausschließlich dorthin, denn dahinter ist in den meisten Fällen nichts mehr. Dieser Tatsache muß man, will man dort leben, dauernd Rechnung tragen.

In solche Gedanken versunken, hatte ich eine ziemliche Strecke zurückgelegt. Der Nebel hatte sich von den Feldern gehoben. In den nur mehr spärlich belaubten Buschreihen, die die Äcker gegeneinander abgrenzten, schienen feine, blaugraue Spinnweben zu hängen. Von den Ästen der Kirschbäume fielen Tautropfen und zerplatzten am Boden laut in die Stille hinein. Aus einem dunklen Sturzacker flogen Krähen auf und nahmen, bald auseinanderstrebend, bald wieder sich zu einem einzigen schwarzen, von Gekreisch erfüllten Bündel vereinigend, ihre Richtung auf den bewaldeten Hügel hin, dem auch ich zustrebte. Er lag reglos vor mir wie ein ausgetrockneter Brotlaib. Die Wipfel der Bäume dort waren ohne Bewegung. Sie müssen sich doch bewegen, dachte ich, es ist windig. Ich befeuchtete meinen Zeigefinger mit Speichel und hob ihn prüfend in die

Luft. An einer Seite spürte ich ihn kalt werden. Der Wind kam von Westen. Ich starrte zu den Bäumen hinüber, und je länger ich das tat, desto sicherer wurde ich mir: Ihre Wipfel bewegten sich, erst nur ganz leicht, dann stärker und stärker, bis sie zuletzt so stark schwankten, daß ich fürchtete, sie müßten unter dem Druck des Windes zerbrechen. Aber sie hielten stand. Sie hielten stand. Ich vermeinte das Brausen des Windes zu hören. Als ich den Blick niederschlug, war es plötzlich wieder ganz still um mich. Wenn man in der verzweifeltsten Stimmung beschlossen hat, nicht länger auszuhalten, dachte ich, sondern fortzugehen, dann sollte man fortgehen. Was nützt einem das schönste Zimmer, was nützen die freundlichsten Nachbarn und der gleichmäßige Pulsschlag der Dinge ringsum, der Kästen, Tische und Sessel, was nützt einem die Aussicht auf ein langes, vielleicht sogar glückliches Leben, wenn man jetzt und hier nicht leben, wenn man das Jetzt und das Hier nicht ertragen kann. Ich blieb stehen und blickte über das leicht gewellte Gelände zu den jetzt scharf umgrenzt in die kalte, klare Luft sich erhebenden Häusern von Gollern hinüber. Gollern ist Gollern, dachte ich, und ich bin ich, und zwischen uns beiden gibt es keinen Frieden, keinen Kompromiß, sondern nur ein Entweder-Oder, dachte ich, und daß es eigentlich immer schon so gewesen war zwischen uns, soweit ich zurückdenken konnte.

Das Geländer der Brücke sah von hier heroben aus wie die Begrenzung einer Rennbahn. Vor mir öffnete sich eine weite, flache Senke, in der sich der Fluß dahinschlängelte. Auf der Brücke sah ich einen Mann stehen, der, schwerfällig auf das Geländer aufgestützt, in den Anblick der graugrün treibenden Wasser versunken schien. Die Luft über dem Fluß war diesig, und die Sonne ließ manchmal kleine Regenbogen darin aufleuchten. Der Mann stand etwa in der Mitte der Brücke. Ein paarmal spuckte er ins Wasser. Er bemerkte mein Näherkommen nicht. Das Brückengeländer lief gegen das jenseitige Ufer zu perspektivisch zusammen. Als ich an dem Mann vorbeiging, hob er plötzlich den Kopf und fragte, mit dem Arm in die Richtung deutend, aus der ich hergekommen war: „Geht es hier entlang nach Gollern?" – „Ja", antwortete ich, „ja, nach Gollern." Auf den Sandbänken im Fluß wuchs graubraunes, von Überschwemmungsrückständen verfilztes Gestrüpp. Ein großer weißer Stein erhob sich turmartig aus den Schottermassen. „Nach Gollern", sagte der Mann. Ich war schon an ihm vorbei. „Dort drüben liegt Gollern", rief ich ihm noch nach, als ich bereits das andere Ende der Brücke erreicht hatte. Wahrscheinlich war meine Stimme vom Rauschen der Flußwasser übertönt worden, denn der Mann wandte sich nicht mehr um, sondern stieg mit raumgreifenden Schritten den sanft geneigten Abhang hinan. Das war das letzte Mal, daß ich das Wort Gollern ausgesprochen habe.

Ich wanderte den ganzen Tag, ohne auch nur einmal Rast zu machen. Die Straße wand sich zwischen dicht bewaldeten Steilhängen höher und höher. Einmal kam ich bei einem Sägewerk vorbei.

So kräftig ich auch gegen Tür und Fensterbalken schlug, es öffnete niemand. In dem Graben, in dem der Bach zum Antrieb der Säge zugeleitet wurde, schoß das Wasser kalt und durchsichtig dahin. Auf einem Stein fand ich eine Handvoll verrosteter Nägel. Als sich auch auf mein Rufen hin nichts rührte, ging ich weiter. Stundenlang begegnete ich keiner Menschenseele.
Gegen Abend, bei Einbruch der Dämmerung, bin ich in der hoch gelegenen Ortschaft Treibach angelangt. Diese Ansiedlung hat auf mich vom ersten Moment an den deprimierendsten Eindruck gemacht. Wenn man das Wort Ortschaft hört, stellt man sich, was Treibach anbetrifft, schon zuviel vor, eine gefällig um einen Hauptplatz oder eine Kirche gruppierte Ansammlung von Häusern taucht vor dem inneren Auge auf, man denkt an Dorflinden, Gemeindehäuser usf. Von all dem ist aber in Treibach keine Rede. Die zehn, fünfzehn Häuser, aus denen es besteht, sind gleichsam in einer dunklen Felsspalte des ringsum steil ansteigenden Gebirges eingeklemmt. Wie ich später im Wirtshaus in Erfahrung gebracht habe, ist Treibach aus einer ehemaligen Holzarbeitersiedlung hervorgegangen. Aus einem bloß behelfsmäßig errichteten Provisorium ist, wie es so oft in der Welt vorkommt, etwas Dauerhaftes, Endgültiges geworden. Armut, Hilflosigkeit, Apathie und andere Umstände, die im Rückblick meist geradezu grotesk wirken, rufen eine solche Versteinerung von Übergangslösungen hervor. Wie die auf den Leim geratene Fliege noch eine Weile mit den Beinchen strampelt, ehe sie sich in ihr

Geschick fügt, so mögen auch die Einwohner von Treibach anfänglich noch alles Mögliche unternommen haben, um von diesem unfreundlichen Ort wegzukommen. Inzwischen haben sie sich aber längst mit den Zuständen abgefunden, ja, und auch das ist eine durchaus allgemein menschliche Verhaltensweise, sie sind sogar noch stolz darauf, daß sie hier heroben, ringsum von dichtem, undurchdringlichem Hochwald eingeschlossen, all die Jahre und endlich ihr Leben lang ausharren. Versucht man ihnen die Möglichkeiten, die einem anderswo jederzeit offenstehen, bloß anzudeuten, so winken sie unwillig ab. Davon wollen sie nichts hören. Fährt man trotzdem fort, ihnen von der Welt zu erzählen, werden sie zornig und böse, packen ihre Hüte und Fäustlinge, werfen die Münzen zur Begleichung der Zeche auf den Tisch und verlassen grußlos die Gaststube. Nur dem Wirt nicken sie zu, diese Geste hat etwas Verschwörerisches, so als wollten sie sagen: „Wann wirfst du diesen fremden Besser-Wisser endlich hinaus?“

Ich bin also in der Dämmerung nach Treibach gekommen. Aus dem stillen, grauen Himmel sind ein paar winzige, von der Kälte gleichsam zusammengepreßte Schneeflocken auf mich niedergefallen. Der Hochwald ringsum hat das Geräusch meiner Schritte verschluckt. Die trübe Helligkeit der letzten Tagesstunden hat sich allmählich in eine immer dichter werdende Dunkelheit verwandelt. Der schotterige Boden der Straße war gefroren. Es hat sich herausgestellt, daß meine Bekleidung, die im Tal unten, in Gollern, für diese

Jahreszeit vollkommen ausreicht, hier heroben ganz unzureichend war. Langsam ist in mir die Ahnung aufgestiegen, daß ich mit meinem plötzlichen Entschluß zum Aufbruch in der Hauptsache richtig, in Hinsicht auf zahlreiche Nebenumstände jedoch falsch entschieden hatte. Wäre ich aber an jenem Morgen nicht aufgcbrochen, so hätte ich mich wahrscheinlich niemals auf den Weg gemacht. Aufzubrechen, und zwar sofort aufzubrechen und fortzugehen, war also das einzig Richtige gewesen. An Nebensächlichkeiten wie Kleidung oder Verproviantierung hatte ich freilich nicht gedacht. Jetzt bemerkte ich, wie leicht die große Sache durch Kleinigkeiten gefährdet, ja zu Fall gebracht werden konnte. Während die Hauptsache sich dem wägenden Blick stets in unveränderter Größe darbietet, gewinnen die Nebensachen ständig an Gewicht. Dann tritt irgendwann, und meist geht das sehr schnell, Gleichgewichtigkeit, schließlich Übergewicht auf seiten der Nebensachen ein, die soldermaßen zur eigentlichen Hauptsache werden, und der Abwägende hat sich nun zu entscheiden: für den Verzicht oder für das Dennoch. Den Gedanken an Umkehr habe ich sofort verworfen. Es war erschreckend genug, daß er überhaupt aufgetaucht ist. Um mich abzulenken, habe ich über die unerwartet kalte Witterung Witze gemacht, mehrmals habe ich etwa die Worte EISZAPFEN und GRÖNLAND laut ausgesprochen. Einmal habe ich sogar kurz aufgelacht. Die längste Zeit bin ich aber doch mit zusammengepreßten Lippen meines Weges gegangen und habe, gleichsam im Geheimen, die erstarrten

Zehen in den Schuhen, die steifen Finger in den Rocktaschen bewegt. Hätte ich mich vor mir selbst nicht geschämt, so hätte ich die Arme kräftig um den Leib geschlagen und wäre ein Stück gelaufen. Ein gewisser Starrsinn, ein an und für sich sinnloser Stolz bemächtigte sich meiner. Es hätte nicht viel gefehlt, und ich hätte meinen Rock und mein Hemd fortgeworfen, um mir zu beweisen, daß es überhaupt nicht kalt war.

Der Schneefall wurde stärker. Ein Mann, der eine Axt über die Schulter geworfen trug, trat aus dem Wald auf die Straße heraus. Sein Hut war voller Schnee. „Wie weit ist es bis zur nächsten Ortschaft?" rief ich, froh darüber, endlich jemanden anzutreffen. „Keine Viertelstunde", rief er zurück und ging davon. Er hatte mich nicht aufgefordert, ihn zu begleiten, doch ich beschleunigte meine Schritte, bis ich an seiner Seite war. Mein Gesicht glühte vor Scham. Der Mann blickte stur geradeaus. „Wird schneien, wird noch mehr schneien", sagte ich. „Ja, ja", murmelte er unwillig und wischte sich mit der Hand die Schneeflocken aus dem Kragen seines Rockes. Die Straße fiel nun leicht vor uns ab. Das Gefälle wurde immer stärker, und immer schneller schritten wir dahin. Die Luft war dick und weiß vom Schnee. Der Wald trat ein wenig von der Straße zurück. Ich keuchte, der Mann lachte unvermittelt auf. „Da sind wir schon", rief er dann und wies in die von Schneeflocken durchflogene Finsternis hinein. Im ersten Moment konnte ich nichts erkennen und glaubte mich genarrt. Erst nach einer Weile entdeckte ich in der Dunkelheit die noch dunkleren Umrisse von Häusern, die sich nur wenig über den Erdboden zu erheben schienen. Nirgends sah ich ein Licht angezündet. „Wie heißt es hier?“ fragte ich. „Treibach“, entgegnete der Mann, „Treibach“, und schwenkte dann ohne einen Abschiedsgruß von der Straße ab. Ich hörte eine Tür poltern, Kinderstimmen und das Gekeife einer Frau. Dann war vollkommene Stille. Ich preßte meine Hände an die Stirne und stand wohl eine Viertelstunde wie bewußtlos auf der Straße. Wäre ich die ganze Nacht an jener Stelle gestanden, es wäre gewiß niemandem aufgefallen. Das Haus, das der Mann betreten hatte, war das erste der Ansiedlung. Diese lag als dunkler, ungegliederter Haufen inmitten einer Lichtung, die kaum vierhundert Meter im Durchmesser messen mochte. Wenn der Mond hinter den treibenden Wolken hervortrat, leuchteten die schneebedeckten Flächen rund um das Dorf in kaltem Weiß auf. Durch die Ritzen der fest verrammelten Fensterbalken sah ich da und dort einen dünnen Lichtstreif fallen. Mit hängenden Schultern ging ich in das Dorf hinein. Da entdeckte ich das Wirtshaus.

Am nächsten Tag machte ich mich schon im Morgengrauen auf den Weg. Der Wirt hatte mir gegen ein unverschämt hohes Entgelt erlaubt, in der Wirtsstube zu nächtigen. Gemeinsam mit einem alten, triefäugigen Bernhardinerhund hatte ich mich, nachdem der letzte Gast hinausgetorkelt war, vor dem langsam verlöschenden Feuer zusammengerollt. Die Ermüdung vom Marsch, die dumpfe Wärme des Hundefells und der reichlich genossene Schnaps hatten trotz des harten Bretterbodens ein rasches Einschlafen bewirkt. In der Früh wurde ich durch ein altes Weib geweckt, das sich mit einem langen Schürhaken am Ofen zu schaffen machte. Dem Hund versetzte sie einfach einen Fußtritt, und auch mich hätte wahrscheinlich das gleiche Geschick betroffen, wäre ich nicht, durch sein Jaulen erschreckt, sofort aufgesprungen. Eine Weile hockte ich dann stumpfsinnig in der Wirtsstube und wartete auf das Auftauchen des Wirtes. Als ich, schließlich ungeduldig geworden, die Alte fragte, ob sie mir etwas zu essen bringen könnte, schrie sie: „Das will er auch noch, zu essen, zu essen! Ha, ha! Was will er denn sonst noch?“ Dabei schlug sie mit dem Schürhaken mehrmals gegen den Ofen, so als prügle sie ihn an meiner Statt. In einer Aufwallung von Wut wollte ich mich auf sie stürzen. Hatte ich nicht für dieses jämmerliche Quartier bezahlen müssen und noch dazu einen wucherisch hohen Preis?! Und nun wurde ich wie ein Bettler behandelt! Um meinen Zorn abzukühlen, trat ich vor das Haus. Als ich wieder hineingehen wollte, fand ich die Tür versperrt. Also machte ich mich auf den Weg.

In der Nacht war viel Schnee gefallen. Selbst auf der Straße reichte er mir bis an die Knie. Vor mir war noch niemand gegangen oder gefahren. Der Föhnwind, der aus dem Hochwald herabbrauste, machte den Schnee schwer und naß. Auf ein Fuhrwerk zu warten, das mich ein Stück hätte mitnehmen können, war wohl sinnlos. Selbst wenn zufällig eines des Wegs gekommen wäre, wäre es mehr als zweifelhaft gewesen, ob man mich hätte aufsteigen lassen. Geh weiter, dachte ich, Hilfe gibt es nicht, und selbst wenn es sie gäbe, dir wird sie nicht gewährt. Vom Rand der Lichtung aus blickte ich noch einmal auf die Häuser von Treibach zurück. Aus den Kaminen stiegen dünne Rauchsäulen auf, die in einer gewissen Höhe vom Wind zu Wolken aufgebläht und schließlich gegen den Waldrand zu zerfetzt und zerstäubt wurden. Wären diese Rauchsäulen nicht gewesen, so hätte man die Ansiedlung auf den ersten Blick wahrscheinlich gar nicht entdeckt. Tief war sie unter dem Neuschnee vergraben. Eben trat der Wirt vor sein Haus. Ich erkannte ihn an der schwarzen Schürze, die er um seinen, einem Baumstamm ähnelnden Leib gebunden trug. Obwohl er mich gewiß nicht sehen konnte, ich war schon zu weit entfernt, drohte ich ihm in ohnmächtiger Wut mit der Faust.

Nachdem ich stundenlang durch den dunklen, wassertropfenden Wald aufgestiegen war, erreichte ich, es muß um die Mittagszeit gewesen sein, eine von kleinen Buschgruppen durchsetzte, im übrigen aber völlig kahle Hochfläche. Dort stand der Wind mächtig gegen mich auf, und ich kam noch mühsamer vorwärts als vordem. Am Himmel oben trieben die Wolken wie eine wildgewordene Herde durcheinander. Manchmal riß der Wind eine von ihnen in die Schluchten hinab, die sich, dunklen Kiemenspalten gleich, rings um die Hochfläche auftaten. Erschien zufällig ein Stück blauen, unverhüllten Himmels, so warf ich in unsinniger Freude die Arme nach oben. Meine Schritte kamen mir dann zu kurz, meine Kräfte zu gering, mein ganzes Unterfangen lächerlich vor. Ich heftete meinen Blick auf eine einzelne, seltsam geformte Fichte, die auf der Kammlinie einer Bodenwelle wie ein Wegweiser aufragte. Ein paarmal irrte ich von der Straße ab und versank bis an die Brust in Schneewehen. Wäre einer gekommen und hätte mich gefragt: „Wohin des Wegs?“, so hätte ich mich müde im Kreis gedreht und hätte gesagt: „Dorthin und dorthin und dorthin!“ Ich traf niemanden an.

Von der Wetterfichte zog die Straße in zahlreichen Kehren eine jäh geneigte Lehne hinab. Aus der glatten, schwer am Boden aufliegenden Schneedecke ragten wasserüberronnene, schwarze Felstürme auf. Fast hätte man meinen können, sie bestünden aus Kohle oder aus versteinertem Holz. Vom Grund der Schlucht dampfte Nebel herauf. In der Höhe hörte ich den Wind pfeifen. Je weiter ich abstieg, desto stiller wurde es. Ich glaubte, mein Kopf müßte vor Schmerz zerspringen. Gierig raffte ich mit den Fingern ein wenig Schnee zusammen und stopfte ihn mir in den Mund. Das Donnern und Rauschen abgehender Lawinen erschreckte mich nicht. Der Nebel wurde immer dichter. Ferner und ferner bist du dem Himmel, dachte ich. Plötzlich bildete ich mir ein, daß im Talgrund unten, vom Nebel verborgen, Gollern liege, und wandte mich schreiend zur Flucht. Die Anstrengung des Bergauf-Laufens brachte mich wieder zur Besinnung, und ich kehrte um. Als ich an einem jener Felstürme vorbeikam, legte ich meine Hände an den Stein und ließ das Schmelzwasser über sie herabrinnen.

Wieder nahm der Wald mich auf. Ich empfand Angst vor den dunklen, dampfenden Stämmen. Ich glaubte, sie atmen zu sehen, ich glaubte, das Ächzen der sich ausdehnenden und sich wieder zusammenziehenden Rinde zu hören. Ein Tier, Reh oder Hirsch, brach hervor und kreuzte meinen Weg. Lange betrachtete ich die Fährte im Schnee. Dann ging ich weiter. Es war ein Versinken in Schnee, in Stille und Bewußtlosigkeit. Der Schnee rutschte von den Ästen und klatschte dumpf am Boden auf. Trotz der herrschenden Kälte rann mir der Schweiß über den Rücken herab. Ein paarmal mußte ich zugefrorene Wasserläufe überqueren. Unter dem undurchsichtigen Eis hörte ich das Wasser rauschen. Mit einem spitzen Stein versuchte ich, das Eis zu durchschlagen, aber es gelang mir nicht.

Eine Lichtung tat sich vor mir auf. Ich hörte Stimmen und Schreie. In der Mitte der Lichtung lag ein verschilfter, zugefrorener Tümpel. Dort waren vier Männer damit beschäftigt, das Eis aufzusägen und es auf Blöcke zuzuhauen. Ich hörte das Singen der langen Säge, das harte Klingen der Axt. Als die Männer mich entdeckten, hielten sie inne und wandten mir ihre Köpfe zu. Diese Köpfe waren wie drei, vier geballte, fest zusammengepreßte Fäuste. Einer der Männer hielt seine Hacke vor der Brust mit den Händen umklammert. Ein Vogel flog aus dem braunen Schilfdickicht auf. Als eine schwarze, fugenlose Mauer stand ringsum der Wald. „Wohin führt der Weg?“ rief ich den Männern zu. „Serless“, rief einer zurück, „Serless“, rief ein anderer, „Serless“, antworteten alle.

In meinen Ohren klang es wie ein Fluch. Als ich die Lichtung verließ, waren hinter mir wieder die Stimmen und Schreie und das Singen des Eises.
Die Ortschaft Serless erreichte ich am späten Nachmittag. Das Dämmerlicht, das für gewöhnlich im Hochwald herrscht, begann sich schon mit der Finsternis der Nacht zu vermischen. Meine Schuhe und meine Hose waren von Schneewasser durchtränkt. Die Häuser von Serless stehen auf einem nackten Felshügel, der sich wie eine Insel aus dem Wald erhebt. Auf einer Seite fällt er in beinahe senkrechten Steilwänden ab. Dort hatte sich der Schnee nicht zu halten vermocht, und das glatte, rotbraune Gestein war sichtbar. Insgesamt wirkte der Hügel wie ein unförmiger, aus noch nicht ganz erkaltetem Fleisch bestehender Buckel. Es hätte sich ins Bild gefügt, wenn aus den Klüften seiner Felswände anstatt Wasser braunes, langsam stokkendes Blut geronnen wäre. Als ich an seinem Fuß stand und den ausgefahrenen, schmutzigen Weg hinaufstarrte, der zu den Häusern führte, tauchte oben an der Biegung ein großes, schwarzes Pferd auf, das in hellen Dampfwolken den Atem aus den Nüstern stieß. Das Pferd galoppierte den Weg herab, zwei Männer verfolgten es. Von Panik ergriffen, warf ich mich der Länge nach neben dem Weg in den Schnee. Als ich, durch die Schreie der Männer veranlaßt, den Kopf hob, sah ich, daß das Pferd eine klaffende Wunde an der Seite hatte, aus der viel Blut floß. „Hatta", schrien die Männer, „Hatta!" Das Pferd wieherte und die Augen quollen aus den Höhlen, das Blut

spritzte in weitem Bogen aus der Wunde und durchtränkte das Fell bis zur Hinterhand, an der die Muskeln im Sprung so stark heraustraten, daß ich glaubte, die Haut müsse zerplatzen. An der Weggabelung zögerte das Pferd einen Moment lang, dann warf es sich mit groß aufgerissenem Maul nach links herum und stürmte auf den Wald zu. Die Männer schnalzten mit den Peitschen und schrien immer wieder „Hatta! Hatta!" Obwohl sie so schnell liefen wie sie nur konnten, machte es im Vergleich zum pfeilgeraden Dahinfliegen des Pferdes den Eindruck, als bewegten sie sich kaum von der Stelle. Ein Knabe, der ein Bündel von Stricken, die wohl zum Einfangen des Pferdes gedacht waren, über die Schulter geworfen trug, stolperte hinter ihnen her. Sein Gesicht war rot und rotzig. Die Augen hatte er starr auf das fliehende Pferd gerichtet, so als wollte er es durch seinen Blick bannen und zum Einhalten bringen. Ich mußte lachen. „Lauf nur, lauf!" rief ich ihm mit höhnischer Stimme zu, aber er hörte mich nicht. Die Männer standen keuchend am Waldrand, offensichtlich waren sie unschlüssig darüber, was jetzt zu tun sei, denn das Pferd war längst zwischen den Stämmen verschwunden. Als der Knabe bei ihnen anlangte, schlugen sie mit den Fäusten auf ihn ein. Gewiß machten sie ihn für das Entwischen des Pferdes verantwortlich. Seine Schmerzensschreie drangen bis zu mir herüber. Überall war der Schnee mit dem Blut des Pferdes bespritzt. Langsam ging ich den Hohlweg hinauf ins Dorf.

Von Serless sollte man nicht reden. Über Serless

sollte man schweigen. Rund um den Felshügel fegt ein eisiger Wind. Rechts und links vom Weg stehen die Häuser. Dazwischen sind hölzerne Schneegatter aufgestellt. Vor den Häusern türmen sich hohe Schneewächten auf. Dorthin schütten die Frauen das Schmutzwasser, dorthin werfen sie die Asche und den Abfall. Man wartet förmlich darauf, Schweine in diesem Unrat sich wälzen zu sehen. Schweine gibt es aber in Serless keine, dafür eine Unzahl schreiender Kinder, die, rotgefroren und schmutzig, wie sie sind, Schweinen gleichen. Eine solche Kinderschar, die wahrscheinlich auf das Einbringen des wildgewordenen Pferdes gewartet hatte, hockte vor mir im Hohlweg und starrte mich an. Entweder sind diese Kinder von Haus aus zu Mißtrauen und Bösartigkeit erzogen worden oder sie hatten das Wild-Werden des Pferdes mit meinem Erscheinen in Zusammenhang gebracht, jedenfalls empfingen sie mich mit feindseligem Schweigen und rührten sich nicht von der Stelle, um mir Platz zu machen. Ihre Blicke waren stumpf und kalt. Kaum war ich ein paar Schritte an ihnen vorüber, brachen sie in wildes Geschrei aus und bewarfen mich mit Schneebällen und allerlei Unrat. Durch dieses Gebrüll gleichsam alarmiert, sind Frauen und Männer aus den niedrigen, an Rattenlöcher erinnernden Haustüren getreten und haben mich, ohne dem Treiben der Kinder Einhalt zu gebieten, von oben her gemustert. Die Männer haben ihre qualmenden Pfeifen nicht aus dem Mund, ihre Hände nicht aus den Hosensäcken genommen, die Frauen haben, die Fäuste auf die unförmigen

Hüften gestützt, ein idiotisches Kichern nicht unterdrücken können. Zu allem Unglück bin ich gerade in diesem Moment im Schmutz des Hohlwegs ausgeglitten und der Länge nach hingefallen. Daraufhin sind alle in lautes Gelächter ausgebrochen. Meine Demütigung ist eine vollkommene gewesen. Die Kinder hinter mir haben geschrien wie toll. Eine Zeitlang bin ich reglos dagelegen, so als wäre ich tot. Als ich mich dann mit den Händen aufstützte, um wieder aufzustehen, kam mir ein Stück Holz zwischen die Finger. Es mag ein abgebrochener Peitschenstiel gewesen sein oder eine Zaunlatte. Fest schloß ich meine Faust darum, ich spürte meinen Kopf heiß werden, ich spürte wild mein Herz schlagen, da war ich schon auf den Beinen, groß war ich, groß und mächtig, ein Riese, ein Waldmensch, ein Ungeheuer, da stürmte ich schon den Weg hinab, auf die Kinder, geradewegs auf ihre rotgebrüllten Gesichter, auf ihre kleinen, feisten Körper zu. Ein paar von ihnen trat ich einfach nieder, was sich mir sonst noch entgegenstellte, schlug ich mit dem Prügel zusammen. Erst als der Hohlweg frei vor mir lag, kam mir zu Bewußtsein, was ich getan hatte, und das Wutgeschrei, das hinter mir laut wurde, machte mir klar, daß ich nun um mein Leben laufen mußte. Einen Augenblick lang hielt ich im Schritt inne, wozu, dachte ich, wozu, der Himmel über den Wäldern war dunkel und schwer, die schwarzen Wipfel waren wie Lanzen aufgestellt, dann warf ich mich nach vorne und rannte den Abhang hinab. Rechts oder links, dachte ich an der Weggabelung, und lief dann,

ohne daß es in mir zu einer Entscheidung gekommen wäre, nach links. Hinter mir hörte ich die Verfolger keuchen. Hundegebell wurde laut. Vorne, weit vorne sah ich zu meinem Entsetzen plötzlich die beiden Männer mit dem schwarzen Pferd auftauchen, dem sie Stricke um den Hals geworfen hatten. Was blieb mir nun anderes übrig, als vom Weg abzugehen. Ich sprang in das Feld hinein und erschrak, als ich im ersten Moment mit den Füßen den Grund nicht ertasten konnte. Endlich spürte ich den Erdboden unter mir, der Schnee reichte mir bis an die Hüften. Die Verfolger waren knapp hinter mir. Die beiden Männer ließen, durch Zurufe der anderen dazu aufgefordert, das Pferd in der Obhut des Knaben zurück und versuchten mir den Weg zum Waldrand abzuschneiden. Ich erreichte eine Bodenerhebung, von der der Wind den Schnee weggeblasen hatte. Dort kam ich gut vorwärts und jagte mit Riesenschritten auf den Wald zu.
Die ganze Nacht lang lief ich fort und fort durch den Wald. Als es längst still um mich herum war, glaubte ich noch immer, die Stimmen der Verfolger zu hören. Die Nachtkälte hatte den Schnee gefrieren lassen. Aus den Baumstämmen drang ein Knarren und Ächzen. Eine Lichtung, die ich überquerte, war in blaues, eiskaltes Licht getaucht. Für einen Augenblick gaben die über den Himmel dahinjagenden Wolken die milchig-trübe Scheibe des Mondes frei. Ich lief weiter, die Finsternis konnte mir nicht dicht genug sein, um mich darin zu verbergen. Gegen Morgen zwang mich die Erschöpfung zum Stehenbleiben. An einen

Baumstamm gelehnt, aß ich Schnee und Rindenstückchen. Da kam mir Gollern in den Sinn und der Grund, warum ich hier war, meine Reise, meine Pläne, aber es lag alles so weit ab von mir, daß ich es kaum verstehen konnte.

Die Stadt

Man kann nicht behaupten, ich hätte mich aus bloßer Faulheit dem Nichtstun ergeben. Auf den ersten Blick mag es ja diesen Anschein haben. Ich stehe selten vor elf Uhr auf, taumle dann, ohne mich gewaschen oder meine Kleider, in denen ich auch schlafe, in Ordnung gebracht zu haben, die Stiegen von meinem im dritten Stockwerk gelegenen Quartier hinunter und trete mit noch halb geschlossenen Augen auf die Straße, in den hellen Tag hinaus. Scheint die Sonne, so kann mir das nur einen Fluch entlocken, scheint sie nicht oder regnet es gar, fluche ich doppelt. Regen bedeutet für mich, mich unterstellen müssen, und Unterstellen-Müssen bedeutet in den meisten Fällen, etwas konsumieren müssen, und etwas konsumieren müssen bedeutet Geld ausgeben, und das ist nicht möglich, wenn man keines hat. Geld habe ich, da ich schon monatelang ohne Arbeit bin, so gut wie keines. Das fällt aber hier, in dieser Stadt, nicht weiter auf, denn arbeitslos ist jeder zweite, reich ist niemand und arm sind alle. Täglich kann man von Entlassungen, von Massen-Entlassungen hören. Von den Titelseiten der Zeitungen springt einem ständig das Wort KRISE, das noch unverständlichere, noch unheimlichere Wort WELTWIRTSCHAFTSKRISE entgegen, das sind Worte, die im Grunde nichts erklären, die die Leute bloß sagen, um überhaupt noch irgend etwas zu sagen. Mich kümmert das ganze Gerede freilich schon lange nicht mehr. Das Entsetzliche ist alltäglich geworden. Ich habe mich in den Schrecken eingelebt. Wenn man wie ich weder zur Verbesserung noch zur Verschlechterung der Lage, der eigenen wie der allgemeinen, etwas tun kann, dann geschieht alles nur mehr, die Welt ereignet sich, sie ereignet sich unaufhörlich, nur man selbst ereignet sich nicht mehr.

Meist setze ich mich gleich neben dem Haustor nieder. Meine Knie und mein Rücken zittern vor Schwäche. Ich stecke einen Holzspan in den Mund, schiebe ihn mit der Zunge hin und her und schlucke den Speichel, der in Ermangelung eines Frühstücks reichlich fließt. Der Holzspan ist sehr wichtig, der Holzspan gibt mir die Illusion, etwas Eßbares zwischen den Zähnen zu haben. Ich kann mir damit auch in die Lippen stechen. Dann rinnt ein wenig Blut heraus. Manchmal sitze ich auf der linken, das andere Mal auf der rechten Seite des Aufgangs zum Haus, dem Hausmeister ist es niemals recht. Sitze ich da, scheucht er mich dorthin, hocke ich dort, scheucht er mich dahin. Dabei nimmt er sich ungemein ernst. „Wanze! Freche Wanze!" ruft er und gibt mir damit immer wieder Gelegenheit zu der Bemerkung, er solle doch lieber im Haus auf Wanzenjagd gehen, denn deren gibt es dort mehr als genug. Sein Gekeife geht mir beim einen Ohr hinein und beim anderen wieder heraus. Ich bin viel zu matt, um mich über ihn noch aufzuregen. Meist schlafe ich sogar ein und schrecke nur hin und wieder hoch, wenn mich die Gassenjungen mit Steinen bewerfen oder wenn mir, das kommt allerdings höchst selten vor, jemand eine Münze in den Hut wirft. Den Hut stelle ich, ganz gleich wo ich bin und was ich tue, immer vor mich hin. So nütze ich jede Gelegenheit. Der Mildtätigkeit kann man nie genug Fallen aufstellen.

Die Gegend, in der ich wohne, ist die ärmste der Stadt. Da ist natürlich nicht viel zu holen, und anstatt eines Almosens gibt es oft genug Schimpfworte oder den höhnisch vorgebrachten Ratschlag, ich solle doch arbeiten gehen. Gegen Nachmittag mache ich mich daher auf den Weg in die besseren Stadtviertel. Darunter darf man sich nicht allzu viel vorstellen. Diese Stadt ist insgesamt dreckig und verkommen. Ringsum von Kohlengruben, Steinbrüchen, Walzwerken, Schächten und Halden eingeschlossen, haben die Dächer, die Hausmauern, die Straßen, ja selbst die Menschen die Farben von Ruß und Rost angenommen. Denen, die hier geboren und aufgewachsen sind, fällt der Schmutz, in dem sie leben und immer gelebt haben, nicht mehr auf. Die Fremden ziehen unbewußt ihre Mantelkrägen hoch, schlagen Tücher vor den Mund und laufen, sobald sie ihre Hotels erreicht haben, sogleich in die Badezimmer. Auch mich hat der Schmutz anfänglich bedrückt. Jetzt starren meine Kleider vor Dreck, und ich muß sogar froh darüber sein, ist doch ein erbärmliches Aussehen erste Voraussetzung für einen Erfolg beim Betteln. Viel Geld bringe ich ja ohnehin nie zusammen. Die Leute haben selbst zu wenig. Alles, was ich in die Hand bekomme, wandert zum Branntweiner. Einem gesunden, kräftigen Mann würde das, was ich trinke, nichts ausmachen. Bei meinem Zustand reichen ein paar Gläser Rum zur völligen Berauschung. Des öfteren finde ich mich im Morgengrauen mit glasigen Augen in irgendeiner Gosse wieder. Dann lache ich wie ein Verrückter, schlage mir mit der Hand vor die Stirne, krieche zum nächsten Brunnen und stecke meinen Kopf in das kalte Wasser. Da ist mir wohl.

Ich sehe mich noch, wie ich in die Stadt kam, und wie ich dachte, daß es eine reiche Stadt sei und es wohl ein Leichtes für mich sein müsse, von diesem Reichtum etwas zu ergattern. Ich bin auf dem Berg oben gestanden, von wo die Straße in Haarnadelkurven den steilen, felsigen Abhang hinunterzieht, und unten am Meer lag die Stadt vor mir mit qualmenden Fabrikschloten und den Schiffen an den Piers aufgereiht, und draußen war das Meer, grau und grün, mit weißen Gischtnasen, voller Wind und Stimmen, und ich glaubte, sie rufen zu hören: „Sieh zu, die schwarzen Hüte hängen hier nicht allzu hoch und die Luft flattert von Banknoten!" Da sah ich Ruß und Staub in der Luft über der Bucht aufblitzen und hielt es für Verheißung. Dabei ist der erste Tag in dieser Stadt für mich nicht anders gewesen als der letzte, einen Anfang hat es hier nie gegeben, sondern nur ein aufgeschobenes, hinausgezögertes Ende. Das wußte ich nicht, als ich in die von Rauchschwaden verhangene Tiefe hinabschaute, aus der Fenster und Blechdächer zu mir heraufleuchteten wie goldene Münzen. Um die Schiffe, die im Hafen vor Anker lagen, flogen Scharen von Möwen, und das Weiß ihrer Fügel war in meinen Augen wie frisch gefallener Schnee. Bucht und Stadt waren im Halbkreis von kahlen, steil abfallenden Bergen umgeben, die sich gegen das offene Meer zu in Dunstschleiern verloren. Ich hätte ein Vogel sein mögen, mit kühnem Sprung mich in die Tiefe zu stürzen, um mit ausgebreiteten Armen alles auf einmal in Besitz zu nehmen. Damals dachte ich, ich wäre ein Falke. Heute weiß ich, daß ich bloß eine hungrige Krähe war.

Die Zeit seit meiner Ankunft ist schnell vergangen. Würde mich jemand fragen, wie lange ich schon hier bin, ich könnte es nicht genau sagen. Ich werde aber nicht gefragt, und so genügt es mir zu wissen, daß der Sommer vorbei ist und daß der Herbst begonnen hat. Die Spinnen in meiner Kammer sind müde geworden, es ist nicht schwer, sie zu fangen. In der Früh, wenn ich zum erstenmal aufwache, ist es noch bitter kalt. Zwischen den alten Kohlensäcken, mit denen ich mein Fenster verhängt habe, blinzelt trüb der Tag herein. Überall liegen tote Fliegen. Das nehme ich freilich kaum zur Kenntnis. Ich greife blind zur Schnapsflasche, die ich neben meinem Bett aufgestellt habe, und lasse einen langen Schluck die Gurgel hinunterbrennen. Das macht warm, und ich falle wieder in den Schlaf, der eher eine Bewußtlosigkeit ist, zurück. Zu Mittag hilft auch der ausgiebigste Schluck nichts mehr. Ich bin zwar benommen und schwach, aber mit dem Schlafen ist es vorbei. Jeden Tag denke ich, wozu stehst du überhaupt auf, und stehe dann doch immer wieder auf, ohne zu wissen, warum, das ist das

Gesetz meines Handelns. Ich streiche mir die Haare aus dem Gesicht, reibe mir Augen und Nase. Bei dieser Gelegenheit fällt mein Blick oft auf die zerknitterten Zeitungen, mit denen ich mir jeden Abend eine Art von Manschette um das Kreuz mache, und ich lese zusammenhanglos das eine oder andere Wort. Manchmal wanke ich dann zum Fenster, schaue durch ein Loch in den Kohlensäcken auf die Straße hinunter und lache minutenlang idiotisch vor mich hin. Meist sind es Worte wie ASYL oder BLINDDARM oder HILFLOSENUNTERSTÜTZUNG, die mich zum Lachen reizen. Auf dem Boden neben dem Bett liegen rote und blaue Zigarettenschachteln. Immer wieder suche ich darin nach einer Zigarette, obwohl ich doch längst weiß, daß keine einzige mehr darin ist. Wenn ich mich längere Zeit bücke, dreht sich das Zimmer langsam vor meinen Augen, der Boden schaukelt. Ich stelle mir vor, auf einem Schiff zu sein, auf einem Schiff weit draußen im Meer, und obwohl es unsinnig ist, bilde ich mir ein, das Meer habe mit Reichtum zu tun oder mit Nahrung oder mit der Hoffnung auf ein halbwegs erträgliches Leben. Das sind Spinnereien, ich weiß, und meistens sage ich, wenn ich in solche Spekulationen zu versinken drohe, laut vor mich hin: „Du Idiot, du verfluchter Idiot!“ Dieser Hilfsgriff erweist sich öfter als nutzlos. Wenn ich etwa in den viereckigen Spiegel an der Wand starre und, während ich langsam näher trete, mein Gesicht darin immer größer wird, schiebe ich wie unter Zwang meine Lippen vor, bis sie dick und wulstig geworden sind, öffne den Mund und zeige meine braunen, von einem schimmelartigen Belag bedeckten Zähne. So stehe ich lange, bis mein Blick in den meiner Augen fällt und ich das runde, schwarze Sehloch in der Iris sehe, ich stehe gebannt und schaue, bis Angst in mir aufsteigt vor dem reglosen Bild, das mein Abbild sein soll und in dem ich mich nicht erkenne. Mit einem Mal glaube ich, ein Fremder stehe hinter mir, ein Eindringling, ein Mörder, ich werfe mich herum, so schnell ich kann, und fahre mit den Händen wild durch die Luft. Wenn ich zuletzt schwer atmend im Zimmer stehe, mitten im Zimmer, das ja kaum vier und vier Schritte mißt, und an die nackte, schmutzige Wand starre oder auf den abgetretenen Linoleumboden, dessen Farbe an Erbrochenes erinnert, dann fürchte ich manchmal, übergeschnappt und endgültig verrückt geworden zu sein. Es fällt mir schwer, mich wieder zu beruhigen, und oft schlage ich zu diesem Zweck meinen Kopf so lange gegen die Wand oder gegen das Eisengestell des Bettes, bis ich das Blut warm und irgendwie beglückend herabrinnen spüre. Das bist du, denke ich, wenn ich das frische, langsam erstarrende Blut an meinen Fingern betrachte. Von nebenan klopfen die Leute an die Wand und ich höre sie RUHE schreien. Ich lasse mich nicht stören, höchstens daß ich, wenn es mir zu arg wird, eine leere Schnapsflasche gegen die Wand schmeiße.

Die Nachbarn verfolgen mich mit ihrem Haß. Sie, die selbst nur eine ebenso jämmerliche Dachkammer bewohnen wie ich, glauben, etwas Besseres zu sein, weil sie irgendwo Arbeit gefunden haben, weil sie in irgendeiner Fabrik für ein paar Groschen zusammenkehren oder Mist wegführen dürfen. Ihre ganze Philosophie erschöpft sich in dem Satz: „Uns geht es besser, weil wir arbeiten und anständig sind!" Treffen sie mich auf der Stiege, spucken sie vor mir aus. Wo sie nur können, zeigen sie mir ihre Verachtung. Ich kann sie freilich nur bedauern, leben sie doch ständig in Angst um ihre Anstellung, träumen sie doch Tag und Nacht von der Stunde der Entlassung, die sie dem Gesindel gleichstellen würde, auf das sie jetzt herabschauen. Was mich betrifft, so habe ich längst jeden Gedanken an Arbeit aufgegeben. Bietet sich irgendwo Gelegenheit zu Handlangerdiensten, greife ich zu. Mehr nicht. Schlagt euch doch endlich die Flausen aus dem Kopf, denke ich, wenn ich am Arbeitsamt vorbeikomme, wo es zu jeder Zeit von Arbeitsuchenden wimmelt. Diese Leute sind ständig in solcher Aufregung, als handle es sich darum, in einem Tag das Glück für ein Leben zu machen. Resignieren dürfe man nicht, meinen sie, im Gegenteil, man müsse immer flinker, immer entschlossener werden, bereit, jede Gelegenheit beim Schopf zu ergreifen. Daß es keine Gelegenheit gibt, daß sich niemals eine bieten wird, daß sie selbst sich kaum noch auf den Beinen halten können, übersehen sie geflissentlich. Die Arbeitsuche ist bei ihnen zur fixen Idee geworden. Wer weiß, ob nicht gerade zu der Zeit, wo man vor dem Arbeitsamt Schlange steht, am anderen Ende der Stadt Leute gesucht, Leute eingestellt werden?! Auf das geringste Gerücht hin setzen sie sich in Bewegung, laufen, um den anderen zuvorzukommen, laufen, als gelte es ihr Leben. Doch meist ist alle Anstrengung umsonst. An Ort und Stelle angelangt, erfahren sie, daß niemand gebraucht, niemand aufgenommen werde, daß sich jemand einen Scherz erlaubt habe, einen dummen Scherz, daß sie jetzt nicht länger im Weg stehen und sich fortscheren sollten. Mit roten, fleckigen Gesichtern und hüpfenden Adamsäpfeln machen sie dann kehrt. Ihre Niedergeschlagenheit währt aber nicht lange. Am nächsten Tag stehen sie frisch gewaschen und gekämmt wieder vor dem Arbeitsamt. Dieses ist ein weitläufiges Gebäude, groß wie ein Schiff, ein Ozeanriese gewissermaßen, und doch zu klein, bei weitem zu klein, denn zu viele Hoffnungen sind geladen, und hätten diese Hoffnungen ein reales Gewicht, so müßte das Gebäude wohl langsam versinken und im Erdboden verschwinden.

Anstatt vor dem Arbeitsamt herumzulungern und auf den lieben Gott zu warten, streife ich bettelnd durch die Stadt. Als Bettler ist man gezwungen, ständig sein Revier zu wechseln, denn ist man den Leuten erst einmal bekannt, sind sie an den Anblick gewöhnt, gehen sie achtlos vorbei und geben nichts. Daher suche ich bald den Stadtkern auf, bald das Hafenviertel, bald die Vorstädte. Mit der Zeit habe ich mir angewöhnt, die Straßenschilder genau zu studieren. Mit meinen Kenntnissen kann ich Fremden bei der Orientierung behilflich sein. Das wirft auch einige Münzen ab. Mit Vorliebe aber betrachte ich die roten, gelben und blauen Geschäftstafeln, auf denen, je nach der Profession, Rasiermesser oder Seilknoten oder frische, blutende Fleischstücke dargestellt sind. Vor den Aushängeschildern der Fleischhauer kann ich stundenlang phantasieren. Manchmal sehe ich dann eine Frau die Straße hinabgehen und stelle mir vor, wie ich sie mit einem Messer abschlachten, sauber in zwei Teile teilen und ausweiden würde. Wenn ich diese Gedanken nicht länger ertragen kann, presse ich mein Gesicht an das Fenster des Fleischhauerladens, von drinnen muß ich dann anzuschauen sein wie ein wildes Tier, und fixiere die Zinkwannen, in denen Gedärm und Innereien zum Verkauf ausgelegt sind. Fährt der Fleischhauer einmal mit seiner großen, roten Hand hinein und wirft eine Faust voll auf die Waage, so zittern mir die Knie, ich muß mich am Fensterbrett festklammern, um nicht zu stürzen.

Es geschieht immer öfter, daß ich, aus meinem Dahindösen an Straßenecken oder in Hauseinfahrten aufschreckend, nicht mehr weiß, wo ich bin, wieviel Uhr es ist, was ich tue. Einmal etwa ist mein Blick auf die Münzen in meinem Hut gefallen, ich war plötzlich ganz sicher, daß man mich bestohlen hatte, und habe laut nach der Sicherheitswache zu schreien begonnen. Erst als die Passanten um mich herum zusammenliefen, und ich sie sagen hörte: „Der ist ja verrückt, der ist völlig verrückt geworden!“, habe ich meinen Irrtum bemerkt, bin verstummt und unter dem Gelächter der Leute beschämt davongeschlichen. Damals hatte ich wohl von meiner Anfangszeit in der Stadt geträumt, in der ich von Gassenjungen einmal bestohlen worden war. An jenem

Tag, er hatte sich schon gegen Abend geneigt, hatte die späte Sonne die Häßlichkeit der Stadt in freundliches, ein wenig unscharfes Licht getaucht. Die Häuser sahen zwar verwahrlost und verkommen wie immer aus, doch beugten sich Frauen aus den Fenstern und hängten bunte Wäschestücke zum Trocknen aus. Das Quietschen der Drahtseile und Rollen, das Flattern der Wäsche im Wind, das Reden und Lachen der Frauen, all das gaukelte mir ein fröhliches, unbekümmertes Leben vor. Kinder liefen schreiend aus den Hausfluren und scherten sich nicht um das Gejammer der Hausmeister, sondern jagten mageren Hunden nach oder leeren Blechbüchsen, die sie mit den Füßen vor sich herstießen. Mit argloser Freude schaute ich ihrem Treiben zu, und es machte mir nichts aus, daß sie mich bei ihrem Spiel umringten. Ihre Absichten waren freilich nicht so harmlos, wie sie mir erschienen. Während ich lächelnd ihre absonderlichen Gesichter betrachtete, den meisten von ihnen fehlten die Zähne und ihre Köpfe waren wegen der Verlausung der Quartiere kahlgeschoren, während ich also den Rummel gutgelaunt über mich ergehen ließ, zogen sie mir mit flinken Griffen alles Geld aus den Taschen. Als ich den Diebstahl bemerkte, waren sie längst verschwunden, bloß ihr Geschrei drang noch aus einer fernen Straße zu mir herüber. So schnell ich konnte, umrundete ich einige Häuserblocks, um der Diebe habhaft zu werden. Doch in der Straße, wo sie sich meiner Berechnung nach hätten aufhalten müssen, fand ich niemanden, nur ein alter Mann kehrte ohne erkennbaren Sinn immer wieder ein bestimmtes Stück des Gehsteiges. Auf meine Frage, ob er denn nicht eine Schar von Gassenjungen habe vorbeilaufen sehen, wandte er sich kopfschüttelnd ab, klopfte mit dem Besen an die Hausmauer und begann mit dem Stumpfsinn des Alters den ohnehin schon reinen Gehsteig erneut zu kehren. Wie zum Hohn wehte gerade jetzt der Wind die frechen Stimmen der Diebe herüber. Zweimal folgte ich ihnen. Dann erst sah ich die Nutzlosigkeit meiner Bemühungen ein. Als ich müde und verdrossen in einem engen Gäßchen stand und die Diebe verfluchte, stieg plötzlich der Verdacht in mir auf, der Alte müsse mit ihnen in Verbindung stehen. Das war, wie ich später einsah, nichts als ein Hirngespinst. Als ich in jene Straße zurückkam, in der ich ihn vorhin angetroffen hatte, war auch er verschwunden. Die schmutzigen Fenster reflektierten die letzten Sonnenstrahlen, ein Stück Zeitungspapier flog, in der Stille laut knarrend, die Straße hinab. Da schlug mein Zorn in Furcht um, und ich lief, bis ich eine belebtere Gegend erreicht hatte.

Seit damals habe ich lächerliche Angst davor, bestohlen zu werden. Ich besitze nichts, was einen Dieb reizen könnte, und doch halte ich des öfteren mitten im Schritt ein, um mich nach etwaigen Verfolgern umzuschauen. Im Rausch hingegen vergesse ich auch die einfachste Vorsicht. Trete ich in die Branntweinbude, so werfe ich alles Geld, das ich in meinen Taschen finden kann, auf die Theke, zähle es gar nicht nach, überlasse das Zählen dem Wirt und schaue unentwegt auf die Regale hinter seinem Rücken, wo die in der Dämmerung des Raumes aufblitzenden Flaschen, eine neben der anderen, stehen. „Ist es genug?“ murmle ich, ohne daß ich mir dessen recht bewußt bin, „ist es genug?“, fahre mir dabei mit der Zunge immer wieder über die Lippen, scharre mit den Füßen, bis der Mann das Geld endlich in die Lade streicht, sich schwerfällig umdreht und mir eine Flasche vom Billigsten herüberreicht. Gewiß betrügt er mich des öfteren, man braucht ja nur sein feistes, verschlagenes Gesicht zu betrachten, um das zu wissen, und ich nehme mir auch immer wieder vor, mein Geld schon vor dem Betreten der Schenke abzuzählen, doch wenn es dann soweit ist, und ich nach einem schier endlosen Bettelgang mit eingeknickten Knien und wirrem Kopf vor der Tür stehe und von drinnen das Klirren der Gläser und Flaschen höre, ist es mit meinen guten Vorsätzen vorbei. Die Stiegen hinaufhumpeln, die Tür aufstoßen, das Geld auf die Theke werfen, ist eine einzige Bewegung. Manchmal, das kommt allerdings selten vor, reicht es für zwei Flaschen. Dieses Quantum genügt, um ein paar Tage betrunken zu sein. Mir ist es immer zu wenig. Was ich herbeiwünsche, ist ein Rausch ohne Ende. Das kann ich mir aber mit meinen Mitteln nicht leisten, heute nicht und morgen auch nicht. Doch selbst wenn sie unbeschränkt wären, würden sie nicht reichen, denn wenn ich bloß für einen einzigen Augenblick zu Bewußtsein komme, ist alles vergeblich gewesen, das Trinken und damit das Betteln, das mühsame Aufstehen in der Früh, das Verlassen des Hauses, jede Bewegung, die ich getan habe, und das Leben überhaupt.

Wenn ich nachts im Rausch auf der Straße zusammenbreche, mich nicht mehr nach Hause schleppen kann und liegenbleibe, weckt mich die eisige Kälte zur Zeit der Morgendämmerung. Die Erde hat alle Wärme ausgeatmet. Mein Gesicht ist hart vom Frost, die Glieder sind steif. Nicht einmal einen Fluch bringe ich über die Lippen. Erst bewege ich meine Arme ganz vorsichtig, ich habe Angst, sie könnten abbrechen, dann werfe ich sie schnell und schneller um den Leib. Wenn ich halbwegs zur Besinnung gekommen bin, schlage ich meist den Weg zum Hafen ein, in der Hoffnung, dort etwas Eßbares zu erwischen. Es hilft nichts, daß ich unterwegs meine Taschen immer wieder nach Geld durchsuche: nichts, keine einzige Münze! Die Kälte, denke ich, diese Kälte, und indem ich das denke, wird mir noch kälter, als mir ohnehin schon ist, und ich beginne zu laufen. Weit komme ich dabei ja nie, dazu bin ich zu schwach. Manchmal halte ich vor einer der bereits geöffneten Branntweinschenken an und ziehe den herausdringenden Schnapsgeruch durch die Nase ein. Das belebt mich ein wenig. Zumindest bilde ich es mir ein, wenn ich vor den Schwingtüren stehe und mein Spiegelbild in den schmutzigen Glasscheiben betrachte. Die Lippen sind blau und dünn, die Nase tritt scharf aus dem Gesicht hervor, und fahre ich mit den Fingern durch das Haar, ist mir, als flögen graue, magere Vögel um meinen Kopf. Aus der Schenke fällt gelbes, rauchiges Licht. Auf der Straße bildet es ein helles Viereck. Darin ist mein schwarzer Schlagschatten eingeschlossen. Meine Augäpfel sind groß und gelb wie Ballons aus Pergament, und ich fürchte immer, sie könnten mir davonfliegen und ich würde dann blind auf der Straße stehen im Morgen. Diese Furcht treibt mich fort. Zum Hafen hinunter ist es nicht weit, und doch erscheint mir der Weg endlos lang. Aus Hausfluren und Baugruben tauchen Unterstandslose auf, Krüppel, Herumtreiber. Von ihnen unterscheidet mich nichts, denn ich bestehe nur noch aus Hunger, und nichts anderes als Hunger und Leben-Wollen ist in ihnen auch. Wenn du diese Straße nicht mehr hinuntergehen wirst, werden sie noch immer die Straße hinuntergehen, denke ich, unrasiert, fahlhäutig und schmutzig wie du selbst, und du wirst nicht fehlen, denn die anderen sind an deine Stelle getreten und füllen sie aus, so gut oder so schlecht wie du, es ist ja ein bloßes Da-Sein. Der kommende Tag hängt als drückende Wolke über der Stadt. Oben, hoch über den höchsten Türmen, ist es schon hell, und schwebende Rußteilchen leuchten in der Sonne auf. Ich gelange in den großen Park am Hafen, in dessen Mitte ein Musikpavillon steht und wo viele fremdartige Bäume wachsen. Überall schießt das Unkraut empor, nur der gekieste Korso, der rundherum angelegt ist, weiß noch von Tanzunterhaltungen, die in besseren Zeiten hier einmal stattgefunden haben. Verwilderte Männer recken sich von den Parkbänken hoch, schlagen Decken und Regenmäntel zurück und blinzeln in die erste Sonne. Keiner redet ein Wort, jeder rafft nur rasch seine Habseligkeiten zusammen und trachtet, so schnell wie möglich auf die Kais hinauszukommen, wo es vielleicht etwas zu essen gibt. Die meisten sind ohnehin zu spät dran. Die anderen, die früher da waren, haben von den Resten, die sie verzehrt haben, bloß Abfälle zurückgelassen, und die sind längst von den Möwen geholt worden. Diese Vögel, deren Flugspiele und Stürze mich früher des öfteren erfreut haben, sind mir im Lauf der Zeit zu einem Sinnbild des Hungers geworden. Nachts fahre ich aus dem Schlaf auf, weil ich glaube, die Möwen schreien zu hören, weil ich glaube, ihre gierigen Schnäbel ringsherum aus der Finsternis auftauchen zu sehen.

In der Früh ist das Hafenbecken weit und annähernd viereckig in der Sonne. Die Schiffe stehen als schwarze Trapeze gegen das weiße, dampfende Wasser. An den Bergflanken steigen langsame, schläfrige Nebel hoch. Oft schaue ich zu den Leuchttürmen hinaus, die die Einfahrt flankieren. Um diese Zeit stellen sie ihr warnendes Blinken ein. Lotsenschiffe fahren tutend aufs offene Meer hinaus. Dort glitzert das Wasser. Es sind helle, goldene Punkte. Auch in deinen Augen sind Punkte, denke ich, rote und in der Iris smaragdgrüne, und ich kneife die Lider zusammen, höre von den Wellenbrechern das Schlagen der Brandung, atme, atme im Rhythmus des Meeres, und mit dem Sich-Überstürzen der Wellen steigt etwas in mir auf, ein glücklicher Schmerz, ein schmerzliches Glück, und ich muß an mich halten, um nicht zu weinen. In solchen Momenten bin ich nicht elend, und alles liegt hinter mir, die Arbeitslosigkeit, der Hunger, die Bettelei. Du wirfst eine Münze, denke ich, sie dreht sich, oben unten, unten oben, fällt, rollt über den Boden, und zuletzt ist sie auf der falschen Seite gelandet, so schnell kannst du gar nicht schauen. Die Hände in den Hosensäcken vergraben, das Meer vor mir und über mir die höhersteigende Sonne, so stehe ich stundenlang regungslos.

Wenn ich mich kräftig genug fühle, gehe ich zu den Kohlenrampen hinüber. Manchmal finde ich dort für ein paar Stunden Arbeit. Länger könnte ich das Kohlenschaufeln ohnehin nicht aushalten. Die Wurfgabeln sind schwer und fassen, so will es mir zumindest scheinen, einen halben Zentner. Werde ich eingestellt, so lege ich meine Kleider ab und steige, nur mit einer Art von Schurz bekleidet, die schwarze, rutschige Halde hinauf. Schon beim ersten Wurf bricht mir der Schweiß aus. Der Schweiß vermischt sich mit dem Kohlenstaub. Das Schiff und die Leute, die Berge und die Türme der Stadt, alles dreht sich vor meinen Augen. Ich schließe sie, spüre eine Übelkeit aufsteigen, schaufle blind, schaufle wie ein Wilder, doch der Kohlenberg wird nicht kleiner, will nicht kleiner werden, und doch muß ich ihn zum Verschwinden bringen, wie ein Zauberer muß ich ihn zum Verschwinden bringen, denn ich werde nicht nach Stunden, sondern nach Zentnern entlohnt. Manchmal halte ich kurz im Schaufeln ein, blicke zu den kahlen Felsabhängen hinüber, die oben mit einer scharfen, geraden Kante abschließen, und darüber der Himmel, dessen Bläue die Sonne nicht zu erwärmen vermag. Der Wind fährt mir um Achseln und Schultern, und mich friert. „Los, los!“ rufen die Antreiber, wenn sie

mich rasten sehen. Ich ducke mich schnell und beginne wieder mit dem Schaufeln. Zeit zum Grübeln habe ich genug, darüber kann ich nicht klagen. Selbst wenn ich denke, jetzt denkst du nichts, denke ich, daß ich nichts denke, und so geht es fort, ich bin müde, ich will aufhören, Schluß machen, und kann es nicht. Beim Kohlenschaufeln finde ich manchmal Ruhe. Da bin ich nichts als die Bewegung meiner Hände und ein Augen-Zusammenkneifen und ein Staub-Fressen. Wenn der Kohlenhaufen zuletzt im Schiffsrumpf verschwunden ist und bloß ein kreisrunder, schwarzer Fleck auf den Steinplatten des Kais bezeugt, daß es ihn einmal gegeben hat, kann ich es gar nicht glauben, daß ich es geschafft habe, daß ich fertig bin, und oft stehe ich mit der Wurfgabel schwarz in der Mitte des schwarzen Kreises und starre stumpfsinnig zu Boden, bis mich irgendwer anrempelt und mir ein paar Münzen als Entgelt in die Hand drückt.
Nachher schleppe ich mich in einen ruhigen Winkel, schlafe auf meinen Kleidern ein oder betrachte das Hafentreiben mit bewußtlosen Blicken. Aus den Rostspuren an den Planken abgewrackter Schiffe tauchen Bilder vor mir auf, ich sehe eine Wüstenlandschaft vor mir oder in der Kälte rauchende Moore, und immer bin ich allein darin, allein und verirrt, und so müde ich auch bin, jagt mich die Angst wieder auf, ich muß laufen, rennen, bis ich zu Hause in meiner Kammer angelangt bin, wo mich dann, wenn ich das Gesicht gegen die Matratze presse, endlich Finsternis, vollkommene Finsternis umgibt.

Der Lohn für das Kohlenschaufeln bringt mich ein paar Tage über die Runden. Dann beginne ich wieder zu betteln. Oder ich gehe gegen drei Uhr früh in den Hafen hinunter. Um diese Zeit kehren die Fischer vom Fang zurück. Im Gedränge und Durcheinander des Ausladens, der Netze, Schwimmer und Kisten streiche ich herum wie eine Katze und warte auf einen günstigen Augenblick, um einen Fisch einzustecken. Leider bin ich nicht der einzige, der diese Art des Erwerbs betreibt. Wenn ich durch die nur spärlich erleuchteten Straßen zum Hafen gehe, ringsum dichte Finsternis, vorne die tanzenden Lichtkreise der im Wind schwankenden Lampen, hoffe ich stets, es würden nicht allzu viele Fischdiebe unterwegs sein. Je größer ihre Zahl, desto größer das Mißtrauen der Fischer, desto schwieriger der erfolgreiche Diebstahl. Meine Hoffnung erfüllt sich nie. Jedesmal steht eine Schar von Hungrigen am Kai und schaut auf das dunkle Meer hinaus, wo die Boote bald auftauchen müssen. Von draußen weht ein eisiger Wind. Die Wellen klatschen laut gegen die Pontons. Dann und wann geht ein Sprühregen über die ohnehin schon Frierenden nieder. Ich hocke mich meist auf eine der herumliegenden Taurollen, ziehe den Mantel über den Kopf und versuche, bis zur Ankunft der Boote zu schlafen. Die anderen unterhalten sich leise, stampfen mit den Füßen und fluchen.

Dann plötzlich die im Wellengang auf und ab hüpfenden Lichtpunkte der Positionslampen, rot und grün; eine Bewegung geht durch die Wartenden: Die Schiffe kommen, da kommen sie! Der

Wind pfeift über den dunklen Kai. Jedesmal ist es eine Art von Erlösung, wenn die Schiffe kommen. Die Lampen werden größer, schon sieht man die schwarzen Umrisse der Aufbauten, und alle wissen, daß sich die Rümpfe nun bald an der Hafenmauer reiben werden. „Kann ich etwas helfen?" frage ich die Fischer beim Anlanden. „Verschwinde!" entgegnen sie mir. Ich weiß längst, daß meine Frage zwecklos ist, und doch stelle ich sie immer wieder. Vielleicht ist es auch nur ein Vorwand, ein Alibi. Ich wollte ja arbeiten, denke ich, wenn ich dann zwischen den großen, glitschigen Fischhaufen herumgehe und auf meine Chance warte. Die Fischer stapfen mit ihren Gummistiefeln von Bord, schleppen Kisten herbei und drohen zwischendurch mit den Fäusten. Ich tue so, als würde ich es nicht merken, schaue scheinbar gedankenverloren in die grausprühende Dämmerung über dem Meer, bücke mich, bücke mich blitzschnell und laufe fort. Im Licht einer Bogenlampe betrachte ich meine Beute. Die Schuppen des Fisches glänzen, seine Augen haben die Farbe von Wachs, die Kiemen sind stille Öffnungen des Todes geworden. Während ich müde heimgehe, wird es heller und heller. Aus den Häusern dringen Kindergeschrei, Geschirrgeklapper und verschlafene Frauenstimmen. Bald wird die Sonne aufgehen, aus einigen Fabrikschloten steigt schon Rauch auf.

Den Fisch bereite ich erst gegen Mittag zu. Gleich nach der Heimkehr bin ich zu erschöpft. Ich wickle ihn bloß in ein Stück Zeitungspapier und werfe ihn in die Ecke, wo der Spirituskocher steht. Dann falle ich auf die Matratze und versuche einzuschlafen. Je später ich einen Tag anfange, desto besser. Herumlaufen macht müde und hungrig. Stehe ich erst zu Mittag auf, sättigt mich der Fisch für diesen Tag. Was will ich mehr?! Auf der Matratze liegend, denke ich an die Fische im Meer. Im Traum sehe ich zahllose Fische durch eine vom Wind bewegte Wiese schwimmen. Ich tauche aus einem Versteck auf und schlage sie mit einem Knüppel tot. Ich reiße ihnen die Köpfe ab, fresse sie auf. Groß und blutig stehe ich zwischen den grünen, im Wind zitternden Halmen. Oder ich sehe einen Dampfer durch die Straße pflügen und vor meinem Fenster auftauchen. Die Luft ist schwer von Ruß, in der Ferne blinkt der Leuchtturm, das Wasser schäumt um den Kiel, die Hafenausfahrt ist erreicht, ich verlasse die Stadt. Plötzlich beginnt ein bleicher, eiskalter Regen zu fallen. Beim Erwachen glaube ich öfter, mich im Rumpf eines Schiffes zu befinden, ganz unten, nahe dem Kiel, bloß durch einige Balken und Bretter von der schwarzen Tiefe getrennt. Erst der gewohnte Griff zur Schnapsflasche bringt mich wieder zur Besinnung, ich beginne zu lachen und lache noch immer, wenn ich dem Fisch den Bauch aufschlitze und die Schwimmblase hervorziehe. Während er im Fett brät, schlage ich den Kohlensack vom Fenster zurück und lasse das Sonnenlicht herein. Ich denke an irgend etwas, nur nicht an die Zukunft.

Manchmal scheint es mir, als wäre ich überhaupt aus dem Ablauf der Zeiten ausgetreten. Ich habe eine Vergangenheit gehabt, ich habe meine Ver-

gangenheit verloren – oder doch nicht, jeden Tag lebe ich das Leben von gestern, und es verändert sich nichts. Im Grunde genommen bin ich gar nicht mehr wahr. Ich bin mein eigenes Hirngespinst. Ich erinnere mich an Kleinigkeiten ohne Bedeutung, ohne Zusammenhang. Mehr Beweismaterial für mein abgelebtes Leben habe ich nicht. Ich sehe mich etwa an einem Tisch sitzen, an einem runden Tisch, und aus der Orchestrionmusik, die ich höre, schließe ich, daß ich in einem Wirtshaus, in einer Schnapsbude sitze. In dem Moment, wo mir das klar wird, steht ein Glas Schnaps vor mir auf dem Tisch, ein niedriges, vom langen Gebrauch abgeschliffenes, trüb gewordenes Glas, ich rieche den Schnaps, aber ich trinke ihn nicht, starre nur auf das Glas und sehe dann meine Hand neben dem Glas, schwer und träge. Eine Fliege läuft über den Tisch. Ich scheuche sie fort. Sie fliegt weg, setzt sich aber gleich wieder auf den Tisch. Ich mache noch mehrere Versuche, sie wegzuscheuchen, ehe ich sie mit einem einzigen schnellen Schlag zerquetsche.
Oder ich sehe mich schreiben, sehe mich mit einem Bleistiftstummel ein Formular ausfüllen, das muß auf dem Arbeitsamt sein, denke ich, oder auf dem Meldeamt oder auf einer Polizeistation, und ich schreibe, schreibe mehrmals meinen Namen, mein Geburtsdatum, mache gerade Striche in die Spalten, auf deren Fragen ich keine Antwort weiß, lache, wie ich lese VERHEIRATET? KINDER? GEBURTSDATEN DER KINDER? Eine Uniformkappe taucht auf, das Gesicht darunter kann ich nicht erkennen. „Benehmen Sie sich!“ sagt eine Stimme,

ich lache noch lauter, kann mich nicht beherrschen, stopfe mir eine Faust in den Mund, und die Stimme schreit: „Sie besoffenes Schwein!“ Ich werde über eine Stiege hinabgeworfen, mit Fußtritten auf die Straße hinausgejagt. Auf dem Boden liegend, sehe ich Häuser und Menschen hoch und schlank in den Himmel stehen.

Manchmal habe ich den Eindruck, als hätte ich nur ein paar Augenblicke in der Stadt gelebt, als sei das alles nicht wahr, die Arbeitslosigkeit, das Nichts-Tun, das Elend. Dann laufe ich aus dem Zimmer, laufe die Stiegen hinab auf die Straße, sehe die Leute gehen, sehe die Wagen fahren und stürze wieder in meine Kammer zurück. Unlängst bin ich vom Schlagen der Turmuhr geweckt worden. Nach alter Gewohnheit habe ich mitgezählt. Es sind zwölf Schläge gewesen, zwölf Schläge, das weiß ich genau. Mittag, habe ich gedacht, Zeit zum Aufstehen, und bin, nachdem ich eine halbe Flasche geleert hatte, auf die Straße hinuntergegangen. Dort war es stockdunkel und nirgends ein Mensch zu sehen. Ich bin wie eine Steinsäule in der Haustür gestanden. Ein Polizist ist vorbeigekommen. Als er mich im Flur entdeckte, hat er sich breitbeinig vor mich hingestellt und seinen Schlagstock mehrmals auf seine Handfläche klatschen lassen. Ich wollte etwas fragen, aber meine Lippen haben nicht gehorcht, und dann habe ich gesagt: „Es ist so kalt.“ Der Polizist hat durch die Zähne gepfiffen, leise und spöttisch wie eine Ratte, hat sich abgewandt und kopfschüttelnd seinen Weg fortgesetzt. Ich habe ihm nachgeschaut, so lange nachgeschaut, bis er im Schein der Bogenlampe weit unten in der Straße für einen Moment aufgetaucht und schließlich um die Ecke verschwunden ist.

Jedesmal wenn ich an einer Fabrik vorbeikomme, die noch in Betrieb ist, will ich im ersten Augenblick durchs Tor hineinlaufen, am Portier vorbei, dessen Bulldoggengesicht ich hinter dem kleinen Fenster der Loge erkennen kann. Ich will direkt zum Aufnahmebüro laufen und mich bewerben. Um mich von der Korrektheit meiner Kleidung zu überzeugen, blicke ich an mir hinunter, sehe das schmuddelige Hemd, die Jacke, die durchgedrückten Knie der Hose und die Schuhe, deren Kappen bösartigen Äffchen gleich unter den unförmigen Stulpen hervorschauen. Ich gehe am Tor vorbei. Das Tor bleibt zurück. Ich schließe die Hände zu Fäusten. Etwas tun, denke ich, etwas tun. Da mache ich größere Schritte, mein Kopf ist heiß, und ich fürchte mich vor mir selbst.

Meine Nachbarn sagen, ich sei verrückt, und wer weiß, vielleicht haben sie recht. Es passiert mir oft, daß ich in gedrücktester Stimmung aufstehe, und plötzlich denke ich: „Heute mußt du eine Orange essen!“, und dann wieder: „Heute MUSST du eine ORANGE essen!“, und dann: „HEUTE MUSST DU EINE ORANGE ESSEN!“, und ich stelle mir eine Orange vor, und alles Glück der Welt ist in dieser Orange versammelt. Ich habe kein Geld, mir eine Orange zu kaufen. Den ganzen Tag laufe ich durch die Stadt, den ganzen Tag muß ich durch die Stadt laufen, auf der Suche nach einer Orange. Es nützt nichts, wenn ich mir sage: „DU BRAUCHST KEINE ORANGE!“, es hilft nichts, wenn ich mich betrinke,

wenn ich die Tür meiner Kammer verrammle, ich muß fort und laufen, um den Wunsch zu erfüllen, der mir morgens in den Kopf gekrochen ist wie eine tollwütige Wespe. Den einen Tag ist es eine Orange, den nächsten Tag ist es ein Stück Wurst oder ein Apfel. Wenn ich das Ziel dieser Jagden auch nie erreiche, so doch zumindest das Ende, die Erschöpfung, den Zusammenbruch.
Meine Nachbarn behaupten, ich sei verrückt, und vielleicht haben sie recht damit. Oft sitze ich stundenlang am Hafen und schaue auf das Meer hinaus. Auch wenn es, wie jetzt im Herbst, regnet und schwarze Tropfen gegen mein Gesicht schlagen, bin ich gerne dort. Abends nimmt das Meer im Schatten des westlichen Vorgebirges eine smaragdgrüne Färbung an, während es auf der noch besonnten Ostseite golden sich ausbreitet. Auf den Kais machen die Fischer ihre Netze zur Ausfahrt fertig. Alles nimmt seinen Lauf. Zu beklagen ist nichts. Es hätte auch anders sein können, aber es ist eben nicht anders geworden. Das ist traurig, denke ich, aber traurig ist vieles. Das ist der einzige und noch dazu ein falscher Trost.

Inhalt

Von Peter Rosei
erschien im Suhrkamp Verlag

Landstriche. Erzählungen. 1975.
suhrkamp taschenbuch Band 232

suhrkamp taschenbücher

st 506 Hermann Hesses weltweite Wirkung
Internationale Rezeptionsgeschichte
Herausgegeben von Martin Pfeifer
Zweiter Band
286 Seiten
Der erste Band (st 386) enthält Beiträge zur Hesse-Rezeption in Deutschland, der DDR, Frankreich, Italien, Schweden, Finnland, Jugoslawien, der UdSSR, den USA, Kanada, Großbritannien, Indien, Japan, im chinesischen Sprachraum und in Korea, der vorliegende Band befaßt sich mit der Hesse-Rezeption in Argentinien, Australien, Bulgarien, der ČSSR, DDR, Iran, Israel, Neuseeland, den Niederlanden, Norwegen, Pakistan, Polen, Rumänien, Spanien, der UdSSR, Ungarn und im arabischen Sprachraum.

st 508 Stanisław Lem, Memoiren, gefunden in der Badewanne
Aus dem Polnischen von Walter Tiel
Mit einer Einleitung des Autors
Aus dem Polnischen von Klaus Staemmler
Phantastische Bibliothek Band 25
286 Seiten
Das »Gebäude«, eine Spionagezentrale, ist »unbesiegbar«. Im Verlauf seiner Entwicklung ständig gewachsen, steht es im unaufhörlichen Kampf mit einem Antigebäude, einer gegnerischen Spionagezentrale, die es durchdrungen hat und von der es ebenso durchdrungen worden ist. Aber ob es gegnerische Organisationen und jenes andere »Gebäude« gibt oder je gegeben hat, weiß niemand. Möglicherweise ist es nur ein projiziertes Feindbild.
»Ein Zukunftsalptraum.« *Der Bund, Bern*

st 509 Gerd Maximovič, Die Erforschung des Omega-Planeten
Erzählungen
Phantastische Bibliothek Band 26
310 Seiten
Im Mittelpunkt dieser Erzählungen steht das Prinzip Menschlichkeit, das immer auf der Seite der Geknechteten und Unterdrückten ist. Dies geht satirisch so weit, daß Menschlichkeit eher bei Nicht-Menschen, bei Monstren anzutreffen ist als bei den Menschen selbst.

st 510 Adolf Muschg
Entfernte Bekannte. Erzählungen
172 Seiten
In sieben Erzählungen demonstriert Adolf Muschg Entfernung; Entfernung zwischen denen, die miteinander ›bekannt‹ wurden: durch den Zufall eines gemeinsamen Hospitalzimmers, durch Ehe, Verwandtschaft, Freundschaft oder Wohngemeinschaft. Und die Entfernung auch zu sich selbst.

st 511 Tankred Dorst, Dorothea Merz
Mitarbeit Ursula Ehler
Mit Abbildungen
252 Seiten
Das ist die Geschichte einer jungen Frau in Deutschland von 1925 bis 1934. In Dialogszenen, in Beschreibungen, in Briefen und als Tagebuchnotizen werden die Ereignisse aus dem Leben der Dorothea Merz geschildert.
»Psychologie und Historie – die Verknüpfung gelingt Dorst gerade durch die bewußt offene Form seines Porträts vorzüglich.« *Berliner Morgenpost*

st 512 Walter Jens, Republikanische Reden
222 Seiten
»Walter Jens erweist sich in seinen *Republikanischen Reden* als moderner Aufklärer . . . und als solcher ganz eigentlich als Unzeitgemäßer. Seine bei den Strukturen ansetzende, Symptome aller Arten wach zur Kenntnis nehmende Kritik an unserer Zeit . . . ist nicht zuletzt ein sachliches Plädoyer gegen die herrschende Resignation.«
Aus dem Inhalt: Antiquierte Antike?; Wir Extremisten; Phantasie und gesellschaftliche Verantwortung; Plädoyer für einen Pluralismus der Wissenschaft; Wider die Isolation; Fußball: Versöhnung mitten im Streit?; u. a.

st 514 Milan Kundera, Der Scherz
Roman
Aus dem Tschechischen von Erich Bertleff
Mit einem Nachwort von Louis Aragon
Aus dem Französischen von Peter Aschner
340 Seiten
Mit einer Geringfügigkeit begann es: der Student Ludvik Jahn war bemüht, seine Überlegenheit und seinen gelassenen Zynismus Markéta zu beweisen und schrieb ihr eine Karte ins Parteischulungslager. Ein Scherz sollte es sein; doch die Macht versteht keinen Scherz. Und so beginnt die Auseinandersetzung, die er mit sich selbst und der sozialistischen Gesellschaft führt. 1948: es ist die Zeit der gesellschaftlichen Umwälzung in der ČSSR.
»*Der Scherz* ist ein Beweis dafür, daß der Roman für den Menschen so unentbehrlich ist wie das Brot.«
Louis Aragon

st 515 José Donoso
Ort ohne Grenzen. Roman
Aus dem Spanischen von Heidrun Adler
118 Seiten
Donoso porträtiert eine dekadente, verkommene und verzerrte Gesellschaft durch Schilderung zwischenmenschlicher Beziehungen, die auf Macht gründen: Macht durch Besitz, Macht durch sexuelle Gewalt. Der vollkommene Romanaufbau, die Dichte der beklemmenden Bilder, die Unverwechselbarkeit von Donosos höllischer Welt weisen den Autor als hervorragenden Romancier Lateinamerikas aus.

st 517 Edgar Allan Poe, Der Fall des Hauses Ascher
Groteske Schauergeschichten
Deutsch von Arno Schmidt und Hans Wollschläger
Phantastische Bibliothek Band 27
182 Seiten
»Das sind nicht einfach kreuzbrave Übersetzungen, sondern Versuche, dem Original zusätzliche Feinheiten (und Grobheiten) durch Übertragung ins Deutsche abzugewinnen, ja selbst ins Unterbewußte des Lesers vorzugreifen.«
Frankfurter Rundschau

st 518 Algernon Blackwood
Der Griff aus dem Dunkel
Gespenstergeschichten
Deutsch von Friedrich Polakovics
Mit einem Vorwort von Kalju Kirde
Phantastische Bibliothek Band 28
260 Seiten
Die Gespenstergeschichten dieses Bandes haben eines zum Thema: den Eingriff übernatürlicher Kräfte in unsere Alltagswelt. Meisterhaft versteht es Blackwood, den Leser darüber im ungewissen zu lassen, ob der Erzähler in seinen Geschichten nun selbst davon überzeugt ist, daß tatsächlich Besuch aus der Geisterwelt bei den Gestalten seiner Erzählungen eingekehrt ist.

st 519 Heinrich Zimmer, Spiel um den Elefanten
Ein Buch von indischer Natur
Mit 21 Abbildungen
Einleitung von Walter Höllerer
214 Seiten
Heinrich Zimmer geht auf die europäische Kulturgeschichte ein und leitet dann über zur indischen Physiologie: dort steht die Typenlehre des Elefanten in Verbindung mit der Lehre von den Leibesstoffen, und diese korrespondiert wiederum mit den vier Kastentypen und ihren symbolischen Farben, mit den Welt- und Lebensaltern. So ist seine Darstellung zugleich eine lebendige Anschauung indischen Denkens.
»... eine wahre Fundgrube des Aparten, Skurrilen und Geheimnisvollen für historisch abenteuerlustige Leser.«
Nürnberger Zeitung

st 520 Fritz J. Raddatz, ZEIT-Gespräche
Zehn Dialoge mit Günter Grass, Rolf Hochhuth, Thomas Brasch, Joseph Breitbach, Alfred Grosser, Alberto Moravia, Leszek Kolakowski, Susan Sontag, James Baldwin, Hans Mayer
162 Seiten
Im Mittelpunkt dieser zehn Dialoge steht die Frage nach der Verantwortlichkeit des Schriftstellers in dieser Zeit.

st 521 Hans Carossa, Ungleiche Welten
Lebensbericht
230 Seiten

Dieser in den Jahren 1944–1950 niedergeschriebene autobiographische Rückblick ist eines der aktuellsten Bücher Carossas und darüber hinaus ein kulturpolitisches Quellenwerk ersten Ranges. Es rekapituliert die Verflechtungen der deutschen Kultur mit den politischen Ereignissen seit dem Ende des Ersten Weltkriegs und schildert die Genese und die Praktiken des Nationalsozialismus nicht aus der distanzierten Perspektive des Exils, sondern aus dem Erlebnis eines unmittelbar Betroffenen.

st 522 Walter Scheel/Hans Apel
Die Bundeswehr und wir
Zwei Reden
74 Seiten
Zur Diskussion gestellt werden in diesem Band zwei Reden, die Walter Scheel und Hans Apel vor den Kommandeuren der Bundeswehr gehalten haben: *Über die sittlichen Grundlagen von Verteidigungsbereitschaft und demokratischem Bewußtsein* und *Kontinuität in der Sicherheits- und Verteidigungspolitik der Bundesrepublik Deutschland.*

st 523 Christiane Rochefort
Zum Glück gehts dem Sommer entgegen
Roman
Aus dem Französischen von Eugen Helmlé
222 Seiten
»*Zum Glück gehts dem Sommer entgegen* ist eine Warnung an die Erwachsenen, an Eltern, Lehrer und Erzieher, ihre Kinder ernst zu nehmen und es niemals bei erzieherischer Routine bewenden zu lassen.«
Franz Rappmannsberger

st 524 Ernst Claes, Flachskopf
Aus dem Flämischen von Peter Mertens
Mit einem Vorwort und mit Bildern
von Felix Timmermans
232 Seiten
Dieser Roman, 1930 erstmals deutsch erschienen, erzählt Episoden aus der Kindheit von Lodewijk Verheyden, den man in seinem flämischen Heimatdorf wegen seiner blonden Haare nur »Flachskopf« nennt. Es ist, nach Felix Timmermanns, »die Geschichte einer sieghaften Jugend, in der der Geist des Reincke Fuchs und Eulenspielgels lebt«.

st 525 Martin Walser, Jenseits der Liebe
Roman
176 Seiten
Walser demonstriert, was es heißt, jene Grenze zwischen Liebe und jenseits der Liebe überschritten zu haben. Er zeigt auf, daß Liebe oder der Mangel daran sich auch sozial begreifen läßt, daß Liebe einsetzbar ist, entzogen werden kann. Daß sie unter vielerlei Namen auftritt und immer ein Teil dessen ist, was uns lebensfähig macht.
»Es ist eine nervige Sprache, in der eine Fülle von Beobachtungen aufgehoben sind.« *National-Zeitung, Basel*

st 526 Jurek Becker, Der Boxer
Roman
320 Seiten
Jurek Becker ist mit der Geschichte Aron Blanks den Folgen eines Krieges nachgegangen, die nicht untersucht und registriert werden, die nicht durch Wiedergutmachung aufgehoben werden. Und die Person des Autors nimmt Anteil am Stillstand und damit am geräuschlosen verspäteten Untergang einer Familie.
»*Der Boxer* zeigt alle Eigenschaften eines sein Thema souverän beherrschenden Erzählers. Es ist ein Meisterwerk geworden.« *Rheinische Post*

st 527 Jochen Schimmang, Der schöne Vogel Phönix
Erinnerungen eines Dreißigjährigen
300 Seiten
Der autobiographische Bericht eines Dreißigjährigen, der die Spätphase der antiautoritären Bewegung, Studium, Kaderarbeit für eine K-Gruppe und den Bruch mit dieser Gruppe, Schwierigkeiten beim Übergang ins Berufsleben, Hoffnungen, Desillusionierung und Depressivität dieser Jahre durchaus repräsentativ, also nachvollziehbar, zum Wiedererkennen und Sichunterscheiden, verfolgt, mitgemacht, erlebt hat.

st 528 Junker/Link, Ein Mann ohne Klasse
Roman
512 Seiten
Neugierig, wach, witzig, eitel, sehr beredet ist dieser »Mann ohne Klasse«, ein energischer Macher, souverän,

aber zugleich der wuchernden Vielfalt seines Lebens ausgeliefert, sie frißt ihn auf: die Lebenssituation der siebziger Jahre im Roman.

st 529 Helmut Degner, Graugrün und Kastanienbraun
Aufzeichnungen eines Neurotikers
294 Seiten
Zwischen den Aufenthalten in der Psychiatrie hat der Neurotiker sich acht Jahre lang in seiner Wohnung verkrochen. Er hat Angst und Angst vor der Angst. Eines Tages hat er begonnen, sich aus dieser Angst und aus den zwanghaften Erinnerungen an leidvolle Erfahrungen herauszuschreiben. Er nimmt freieren Kontakt zu Marion und zu anderen Menschen auf. »Graugrün und kastanienbraun sind nicht mehr nur die Augen und das Haar des Mädchens – das ist für mich das Leben: grau, aber immer auch ein wenig grün, und wenn es schön ist, kastanienbraun.«

st 530 Wolfgang Koeppen, Reisen nach Frankreich
176 Seiten
Die *Reisen nach Frankreich* führen vom äußersten Norden bis nach Marseille und Nizza. Aber bei allen Städten Frankreichs in der Provinz, die Koeppen besucht, spürt er die große Sehnsucht, die nach Paris gerichtet ist. So schließt auch wie selbstverständlich ein großes Paris-Kapitel dieses Buch, das 1961 erstmals erschien, ab.

st 531 Hermann Lenz, Der russische Regenbogen
Roman
176 Seiten
Die junge Russin Tamara wird 1944 als Kriegsgefangene nach Ostpreußen geschafft, von dort flieht sie, gelangt aber nur in das Fremdarbeiterinnenlager einer süddeutschen Stadt. Ihr moralischer Halt sind ihr Haß und das Gift, das sie in der Jacke versteckt hat. Von den Amerikanern befreit, gibt sie ein Fest, das Opfer und ehemalige Feinde vereint.

st 532 Christiane Rochefort, Frühling für Anfänger
Roman
240 Seiten

Christoph Ronin, sechzehn Jahre, dreht eines Abends durch. Aus der Beschirmtheit durch den häuslichen Fernsehapparat geht er weg und seiner eigenen Wege. Seine Stationen sind Pommes-frites-Buden, Flipperlokale, eine Bibliothek, drei Betten und ein Parkplatz. Der März im Paris des Jahres 1967 wird zum Vorboten des Pariser Mai 1968.

st 534 Stanisław Lem, Der futurologische Kongreß
Aus Ijon Tichys Erinnerungen
Aus dem Polnischen von I. Zimmermann-Göllheim
Phantastische Bibliothek Band 29
144 Seiten
Im Zeitalter der Psychemie werden alle Sinneswahrnehmungen durch chemische Mittel beeinflußt, die die ganze menschliche Existenz durchdringen, so daß es keine Wirklichkeit mehr gibt, die nicht chemisch manipuliert wäre. Lem betreibt ein Spiel mit der Sprache und imaginiert beiläufig eine Futurologie, die die Zukunft anhand der Umformungsmöglichkeiten der Sprache erforscht.

st 535 Herbert W. Franke, Sirius Transit
Phantastische Bibliothek Band 30
176 Seiten
Ein neuentdeckter, erdähnlicher Planet und eine Firma, die die Besiedlung organisiert: die SIRIUS TRANSIT. Für Barry Griffin bedeutet der neue Planet die Erfüllung alter Träume und Sehnsüchte, und er hofft, daß der ältere Bruder, der Leiter der SIRIUS TRANSIT, ihm einen Job bei den Erschließungsarbeiten verschaffen kann. Schließlich gelingt es Barry, das Geheimnis der SIRIUS TRANSIT aufzuklären, aber er verirrt sich in diesem System perfekter technischer Illusion, in dem die Unterschiede zwischen Wirklichkeit und Täuschung verfließen.

st 536 Samuel Beckett, Der Namenlose
Roman
Übertragen von Elmar Tophoven, Erika Tophoven und Erich Franzen
180 Seiten
»Es ist die Kunst des dichterischen Buchstabierens, die hier durch den Mund eines Quasi-Toten geübt wird: höchste Raffinesse verbindet sich mit der Magie des

Simplen: Versuche, die verlorengegangene Wirklichkeit durch rücksichtslose Reduktion einzubringen.«

Horst Krüger

st 539 Darko Suvin, Poetik der Science Fiction
Zur Theorie und Geschichte einer literarischen Gattung
Aus dem Amerikanischen übersetzt von Franz Rottensteiner
Phantastische Bibliothek Band 31
368 Seiten
Der Literaturwissenschaftler und SF-Theoretiker Suvin beginnt mit der Absteckung der Grenzen der SF gegenüber benachbarten Gattungen wie Märchen, Mythos, Schäferdichtung und Phantastik. Sodann wird die Utopie als in erster Linie literarisches Kunstwerk neu definiert. Im historischen Teil des Buches werden die theoretischen Postulate und Erkenntnisse konsequent zur Untersuchung der Geschichte der Gattung herangezogen, von der ältesten griechischen Vorstellung über die Utopien und Staatsromane der Renaissance, den Planetenroman, die Erneuerungsbestrebungen der Romantik, bis hin zu so hervorragenden Ahnherren der modernen SF wie Verne, Wells und Čapek.

st 540 M. R. James, Der Schatz des Abtes Thomas
Phantastische Geschichten
Deutsch von Friedrich Polakovics
Phantastische Bibliothek Band 32
208 Seiten
M. R. James hat unter den Liebhabern der Geistesgeschichte den gleichen Ruf wie A. Conan Doyle unter den Anhängern der Detektivgeschichte. Die Geschichten dieses Bandes sind getränkt von Hexerei, Dämonologie, Geheimwissenschaft und Folklore. Die Geister sind weder freundlich noch amüsant, sondern gefährlich und rachsüchtig. »... eine genüßliche Lektüre für lange Abende.«

Neue Westfälische

st 541 Thomas Brasch
Kargo. 32. Versuch auf einem untergehenden Schiff aus der eigenen Haut zu kommen
198 Seiten
»So könnte kein anderer schreiben, er fände nicht einmal die Sprache. ... Es wachsen unserer Literatur Autoren zu,

die dazu beitragen, daß uns Hören und Sehen vergeht – oder endlich wiederkommt.« *Martin Gregor-Dellin*

st 542 Franz Innerhofer
Schattseite. Roman
272 Seiten
Nach seinem ersten Roman *Schöne Tage* (st 349) erzählt Innerhofer in seinem neuen Buch von den weiteren Stationen seines alter ego Holl.
»Wo Literatur sich gegen jene Verhältnisse wendet, wo die Hauptfigur des Romans kein stärkeres Bedürfnis kennt, als die herrschenden Lebens- und Arbeitsbedingungen loszuwerden, da stellt sich Literatur, ob sie es will oder nicht, mitten hinein in die aktuellen gesellschaftlichen Auseinandersetzungen.« *Michael Scharang*

st 544 Helmuth Plessner
Zwischen Philosophie und Gesellschaft
Ausgewählte Abhandlungen und Vorträge
382 Seiten
Die Abhandlungen und Vorträge Plessners beschäftigen sich mit der Situation der Philosophie zwischen den beiden Weltkriegen, mit dem Werk Husserls, mit Nicolai Hartmann und mit der gewiß nicht veralteten Frage, ob es einen Fortschritt in der Philosophie gebe. Einen weiteren Schwerpunkt bilden die Arbeiten zur philosophischen Anthropologie: Zur Deutung des mimischen Ausdrucks, zur Anthropologie des Schauspielers, über das Lächeln und über das Problem des Verhältnisses der menschlichen Natur zur Macht.

st 545 Stimmen und Visionen
Gespräche von Sam Keen mit Norman O. Brown, Herbert Marcuse, Joseph Campbell, John Lilly, Carlos Castaneda, Oscar Ichazo, Stanley Keleman, Ernest Becker, Robert Assagioli
Aus dem Amerikanischen von Dora Fischer-Barnicol
240 Seiten
Der Harvard-Professor Sam Keen führte in den ersten siebziger Jahren im Auftrag der Zeitschrift *Psychology Today* Gespräche mit berühmten Zeitgenossen. Ziel und Ergebnis waren eine Übersicht der spirituellen, psychologischen und politischen Bewegungen, der ›geistigen‹ Vorgänge auf der amerikanischen Szene.

st 546 Volker Braun
Das ungezwungne Leben Kasts
208 Seiten
Vier Liebesgeschichten sind es, die erste von einem Zwanzigjährigen geschrieben, die letzte im Alter von fünfunddreißig. Hier wird den gesellschaftlichen Widersprüchen des realen Sozialismus auf den Grund gegangen bei dem Versuch, die verschiedenen Lebensbereiche – Arbeit, Wissenschaft, das Künstlerische, das Körperliche – für sich, für Kasts Leben, zu vereinen. Kast erfährt »die neuen Abhängigkeiten«, die im Sozialismus »um so härter empfunden, fürchterlicher werden«.

st 547 Max Brod
Der Prager Kreis
Mit einem Nachwort von Peter Demetz
264 Seiten
Die Darstellung geht von dem »engeren Prager Kreis« aus, der Kafka, Brod, Felix Weltsch, Oskar Baum, Ludwig Winder umfaßte. Brod schildert dann die Kontakte mit dem »weiteren Prager Kreis« (Franz Werfel, Willy Haas, Johannes Urzidil u. a.) und mit den tschechischen Künstlern. Auch zeigt er viele andere »Ausstrahlungen«. So ruft er zum Beispiel den genialen Erzähler Hermann Grab in Erinnerung.

st 548 Friederike Mayröcker. Ein Lesebuch
Herausgegeben und eingeleitet von Gisela Lindemann
352 Seiten
Die Auswahl aus dem bisherigen Werk von Friederike Mayröcker ist eine näherungsweise thematisch orientierte Komposition. Es sollen darin alle literarischen Formen vorgeführt werden, die die Autorin im Laufe der Jahre durchgespielt hat: unterschiedliche Formen von Lyrik, szenischer Prosa, Hörspiel, erzählender Prosa.

st 549 E. M. Cioran, Vom Nachteil, geboren zu sein
Übersetzt von François Bondy
176 Seiten
Jenseits aller intellektuellen und weltanschaulichen Lager hat Cioran in seinen Aphorismen eine Position bezogen, die er selbst als die des Zweiflers, des radikalen Skeptikers bezeichnet.

st 550 E. M. Cioran, Die verfehlte Schöpfung
Übersetzt von François Bondy. Das Kapitel
»Die neuen Götter« wurde von Elmar Tophoven übersetzt
136 Seiten
Die verfehlte Schöpfung ist eine rasant vorgetragene Attacke auf alle theologisch oder geschichtsphilosophisch verbürgten Sicherheiten, auf die Existenz eines übergreifenden »Sinns«, auf die Idee der Erlösung.
»Eine neue Art des Philosophierens: persönlich (sogar autobiographisch), aphoristisch, lyrisch, anti-systematisch. Die bedeutendsten Beispiele: Kierkegaard, Nietzsche und Wittgenstein – Cioran ist heute die hervorragendste Figur dieser Tradition des Schreibens.« *Susan Sontag*

st 553 Basis. Jahrbuch für deutsche Gegenwartsliteratur
Band 9
Herausgegeben von Reinhold Grimm und Jost Hermand
272 Seiten
Mit Beiträgen von Norbert Mecklenburg, Manfred Durzak, Jost Hermand, Adolf Muschg, Bernd Neumann, Mazzino Montinari u. a. Ohne methodisch festgelegt zu sein, sucht *Basis* eine Literaturbetrachtung zu fördern, die an der materialistischen Grundlage orientiert ist.

st 557 Walter Schäfer, Erziehung im Ernstfall
Die Odenwaldschule 1946–1972
Mit einem Nachwort von Hellmut Becker
264 Seiten
Am Beispiel der privaten Heimschule *Odenwaldschule* soll gezeigt werden, wo in unserer Gesellschaft während der ersten Nachkriegsjahrzehnte Behinderungen beim Heranwachsen junger Menschen sichtbar wurden und wie man versucht hat, diese Behinderungen nachhaltig abzubauen.

st 558 Erica Pedretti
Harmloses, bitte
80 Seiten
An den Bildern, die Erica Pedretti in anschaulicher Deutlichkeit entwirft, läßt sich der Übergang von der Deskription einer idyllischen Landschaft, des heilen Lebens zur angedeuteten Tragödie erkennen. Dieses Modell ist in einer gegenständlichen Sprache erzählt, die modernste

Erzähltechniken ebenso wie den einfachen Satz aufnimmt. So erweist sich der Text als spiegelndes Glatteis, auf dem der, der Harmloses erwartet, zu Fall kommt.

st 559 Ralf Dahrendorf
Lebenschancen
Anläufe zur sozialen und politischen Theorie
238 Seiten
Dieser Band ist ein Versuch, den Begriff der Lebenschancen als Schlüsselbegriff zum Verständnis sozialer Prozesse zu etablieren und in den Zusammenhang geschichtsphilosophischer Erwägungen zur Frage des Fortschritts, sozialwissenschaftlicher Analysen des Endes der Modernität und politisch-theoretischer Überlegungen zum Liberalismus zu stellen.

st 568 Bernard von Brentano
Berliner Novellen
Mit Illustrationen nach Linolschnitten von
Clément Moreau
96 Seiten
In dieser 1934 erstmals erschienenen Sammlung erzählt der Autor die Geschichte des sechsjährigen Rudi, eines angeblichen Attentäters, er erzählt die Geschichte eines außerordentlichen Mädchens (»Von der Armut der reichen Leute«), eines Straßenmusikanten (»Der Mann ohne Ausweis«). Er sieht Zusammenhänge dort, wo Zeitungen Berichte bieten. Arbeiter, Arbeiterinnen, Bettler treten auf, aber auch das Berlin der Bankhäuser und des Geldes. Klaus Michael Grüber entdeckte die Novelle »Rudi« für eine Inszenierung durch die *Schaubühne am Halleschen Ufer* im Berliner *Hotel Esplanade.*

st 595 Ödön von Horváth, Geschichten aus dem Wiener Wald
Ein Film von Maximilian Schell
Mit zahlreichen Abbildungen
160 Seiten
Zur Uraufführung des Maximilian Schell-Films »Geschichten aus dem Wiener Wald« nach dem Volksstück von Ödön von Horváth liegt dieser Band mit dem Drehbuch von Christopher Hampton und Maximilian Schell und zahlreichen Fotos des 1978 in Wien und Umgebung entstandenen Films vor, der den Entstehungsprozeß des Films dokumentiert.

Alphabetisches Gesamtverzeichnis der suhrkamp taschenbücher